鬼骨拼圖
102
Ghost Bone Puzzles

鬼墓屍花

夜不語 著
Kanariya 繪

CONTENTS

作者自序

其實，不會停了吧？

這，雨。

今年的成都彷彿被雨神附體了似的，入夏後，就一直「淅瀝啪啦」的下著或零星，或瓢潑的大雨。本來一直很粗神經的本人，也被這連綿無絕期的雨弄得有些神經質。

雨，剛開始下下來的時候，還覺得極好。成都是平原及盆地，瘴氣多，戾氣也很凶。原本被雨水一沖刷，就連空氣也清新了。但是連續下了幾十天雨後，真的整個人都不好起來。

我買好了泳褲，也為餃子買了小比基尼泳衣、游泳圈、蛙鏡、嬰幼兒潛水裝……等等。本來打算一出太陽，就全家人出動一起去玩水的。結果，這場沒有休止的雨，直接打碎了本人的賣萌計畫。

打擊得支離破碎，屍骨無存。我每天都坐在小花園裡看著落雨哀愁。

唉，成都的雨，什麼時候，才能停得下來。

或許，是不準備停了吧！

說起來，不知道看這本書的讀者，有沒有看過我過去的作品。所以照例做個介紹吧，餃子，是我一歲半的小女兒，每天都喜歡跟我一起賣萌。曾經餃子還在餃子媽肚子裡的時候，還不叫做餃子。

我取的小名是「粉蒸排骨」。理由很簡單，因為這美味的食物，我愛吃啊。但是餃子媽抵死不從。我屈服於她的淫威之下，只好退而求其次，將「粉蒸排骨」的小名改為了自己第二喜歡吃的食物——餃子。

好啦，好啦，我知道自己的發散性思維又在作祟了。本人的自序，有時候真的比散文還要散，從這頭能夠直接扯到另外一頭。

好吧，好吧。我還是拉回來吧。談談書。

咳咳。談書！談書！

上一本就忘記聊聊本人的新系列《鬼骨拼圖》了。

這本書的主線，上篇自序裡曾經提到過。雖然同樣是系列單元式恐怖小說，但是和我的另一個系列《夜不語詭秘檔案》終究還是有不同的地方。

《鬼骨拼圖》會更偏重獵奇恐怖向，結局也會更完美些，希望不會爛尾，結尾也不會太唐突。這樣一來，一個故事一本書，肯定就講不完了。所以這個系列，我希望三本書講述一個完整的故事。六本書一季。當然，也會偶爾穿插一本一個的小故事。每個故事都會有一個新奇的著眼點。不會令大家失望的。

希望大家繼續支持本人。用句很老很老的口號！

有你的支持，才有我寫書的動力。

夜不語

人物簡介

秦思夢：跟我同校的大四學生，校花。

周偉：大學籃球社社員。

趙雪：本是普通的大學生一枚，可是卻在某次遇到了一件可怕的怪事後，改變了整個人生。

孫喆：綽號猴子。醫生，為人膽小，說著一口討人厭的四川話。

我：我叫古塵。本書的主角。聰明也無趣的一個人，整天板著一張醬油臉。智商高，喜歡民俗，知識儲備豐富。除了耐人尋味的性格以及稍微有些冷情外，其他一切都還算完美。

鬼墓屍花

人類，總是會對未知的東西產生恐懼，以及好奇。這是兩種極端的情緒，卻往往集中在同一樣事物上。

人類因為恐懼，而得到活下去的基本條件。

但是，好奇呢？

我是古塵。本應該是平凡死大四生，喜歡民俗，有點小聰明。但誰知道，因為一場看似普通的郊遊，竟然改變了一切。陷害我的周偉等人，背後的黑手是誰？和操縱趙雪的養屍人是同一人嗎？

天陰地煞，石頭開花。究竟隱藏著什麼樣的秘密？春城郊外，那陰森森的洞穴裡，到底還埋藏著多少可怕的未知？

六十年前闖入的美國人；六十年來，進入洞穴探險的無數探險者。每個人，似乎都想從洞穴裡找出什麼，可是無一例外，全橫死在洞穴內。那藏在詭異洞穴中的東西，是否也是周偉背後的人想要得到的？

更重要的是，隱藏在春城中的深處，究竟有什麼陰謀在等待著我？

一切的一切，真的有一股超自然的力量，在作祟嗎？

不要急！

先讓我來為大家講述，關於血墓屍花的故事。

楔子

最寒的不過人心。

你幫人一百分，當有一天你只肯幫八十了，他便會忘記你所有的恩，而恩也會變成仇恨。記得，一粒米養恩人，一石米養仇人。

父親常常跟老五說這番話。但是年輕氣盛的老五總是不以為然。他為人熱情，仗義。可是就因為如此，這輩子吃了不少虧。直到四十歲了，還是一無所有。甚至沒錢討媳婦。

一石米何止會養出一個仇人。那個仇人，還會挖空心思的折磨你，打擊你，讓你的生活落入地獄。

二十五歲那年，老五就有個好兄弟。老五竭盡全力的幫助他，那兄弟吃他的喝他的，老五還拿出僅有的錢幫他創業。但是兄弟發達後，不但搶了他的女友，還斷絕了他所有的活路。

世上就是有這種人。他們總會認為被人看到自己最落魄的生活，是這輩子最大的恥辱。他們想方設法的將那個經歷過自己落魄生活的人逼入絕路。從不顧忌，那個人是否在自己最需要的時候幫助過他們，為他們的崛起創造了不可或缺的條件。

兄弟的崛起，就是老五的末日。十五年來，他幹什麼，都被那個兄弟打壓。那所謂的好兄弟不想他死，也不想他活得舒服。等老五實在撐不下去了，趴在地上，跪在兄弟面前哀求。所謂的好兄弟，這才笑瞇瞇的，施捨了公司最底層的工作給老五，樂呵呵的看著他過最落魄的生活。

人世間最恐怖的，最終還是人類的惡趣味。

受盡折磨十五年，老五才深深地感受到老爸的質樸話語，是多麼正確的真理。如果人生還能重來一次，他絕對不會再那麼天真仗義。可是，人生，哪有後悔的機會。

隱忍了十多年的老五，一直都在等待翻盤的機會。終於，他等到了夢寐以求的時機。

老五咬牙切齒的遞交了辭職信，沒要遣散費。在那混蛋的詫異中，形單影隻的離開了公司。

混帳東西！等著瞧。只要能得到那位先生吩咐的東西，那仙人板板喪盡天良的混帳東西，終究要被自己踩到腳底板下。

老五的積蓄不多，買了一張回老家的車票後，滿腦子思索著該怎麼做。可無論如何，首先，必須要說服父親！

他的老家在春城遠郊的一座山頭下，近幾年開通了公路，村裡的貧窮生活才稍微改善了些。十幾年沒回家了，村莊似乎變化也不大。光禿禿的樹，黃乎乎的土地。還有一成不變的牛屎粑粑糊成的青瓦房子。

敲響屋門時，正好凌晨十一點半。老爹披著衣服打開門，見到老五，整個人都愣住了。過了好半晌，才一巴掌搧過去：「渾小子，總算給老子回來了。」

可巴掌搧到一半，終究捨不得，老爸嘆了口氣，喃喃道：「回來就好！回來就好！」

說著讓開了身。

老五鼻子一酸。被兄弟算計，十五年來，他都不敢回來。從鄉里出去的人，有誰不想衣錦還鄉。他太落魄了，落魄到沒臉回老家。

十五年，說來簡單，彈指一霎罷了。可是老爹的頭髮，已經全白了。佝僂著背，不停地咳嗽。

「五子兒，吃晚飯沒？」爸爸讓他坐在堂屋裡，摸索了一陣，想要幫他煮幾個雞蛋。

老五連忙點頭，「吃過了。」

「這次回來準備待多久？」爹咳嗽著問。

「要待一陣子了。」老五琢磨著，該怎麼開口。

午夜的風，吹得很烈。明明是夏天的晚上，鄉下總是顯得很涼快。在老五的記憶裡，似乎自己的老家總是冰冷的，陰森森的空氣一到晚上就到處亂灌。老家有天黑不出門的祖訓，老爸小時候經常說，走夜路，容易撞鬼。

別的地方不清楚，但是老家的夜晚，真的很詭異。

扯遠了。老五將思維拉回來，看著坐在一旁的爸爸，發呆了一陣子。

「有啥子屁話，趕緊說。老子還想回去繼續睡個覺。」知子莫若父，看著老五的眼神，父親皺了皺眉頭。

「爸，村子裡還有人在種蘑菇嗎？」老五終於吞吞吐吐的將這句話說了出來。

「蘑菇？咋個還有人種嘛。現在都是大規模栽培了，種植蘑菇的山都全被承包完了。」他老子使勁兒搖了搖頭，從腳邊上拿過一根旱菸管，摸索著扯了點菸葉子在手裡不停地搓：「沒得了，沒得了。」

老五哼了一聲，「大規模種植的大棚蘑菇，咋個可能和山上長出來的蘑菇比嘛。您老種了一輩子，肯定還有些朋友夥願意種的。要不，幫我去問問！」

「幫你問倒是可以。」爹將手裡的菸葉子捲成一圈，努力塞入旱菸口：「五子兒，你娃娃突然回來，咋個想到要種蘑菇了？現在蘑菇不值錢啊！」

老五賠笑兩聲，「蘑菇是不值錢了。但是有個朋友想要收購一種蘑菇，可能只有老爸你才種得出來。」

聽到這，老爹心不在焉的表情有些僵硬，塞菸葉的手也停住了，「只有我才種得出來的蘑菇？龜兒子，你說清楚。咋個你的話，老子越聽越覺得怪了！」

種植蘑菇，是這座山中小村千多年來的生計。數千年來，老五的村子都是靠種蘑菇為生，半山腰的菇神廟，據說也有千年歷史了。從來都是香火不斷，但最近二十年，規模化的養殖技術，徹底的毀滅了村子裡手工養殖的工藝。

沒有足夠土地能夠種植水稻蔬菜的人，只能捨棄蘑菇種植技術，到附近的春城打工養家。整個村子，因為年輕人的離去而變得殘破不堪，失去了活力。

菇神廟，也逐漸沒有人去祭拜了。現代化的推進，令許多傳承都走到了末路。

老五的爸爸是村子裡種蘑菇的一把手，種植技術代代相傳，神秘得很。老五他小時候經常聽爺爺講種蘑菇的詭異事情。他們家能夠一次種植五六種蘑菇，但是最值錢最珍惜的，卻是一種罕見的，只能在這片土地上才會種出的蘑菇。

而那個神秘先生，要的正是這種神奇的蘑菇。

「我要的是，血頭菇。」老五鼓足勇氣看著老爸的眼睛，一字一句的說：「十一個傘柄的血頭菇。」

話音剛落，老爸手裡的旱菸管嚇得落在了地上。青銅管子，磕撞著水泥地面，發出了一聲清脆的響。

「砍腦殼的，血頭菇都想種。不想要命了？」老爸用沙啞的聲音罵著，一臉恐慌，「還你媽十一個傘柄的血頭菇。老子長這麼大見都沒見到過。哪個種得出來？」

「爸。就算是我不要命了。我一定要種出來。」老五嘆了口氣，一臉堅毅。這是他唯一翻盤的機會。他也覺得其中有蹊蹺，血頭菇這東西，極少人知道。歷代都是上交皇帝的貢品，非大富大貴人家，吃不起。更何況是如今，種植方法應該也只剩下一脈單傳的父親還知道。

可是種不種得出來，也是未知數。畢竟那東西太難弄了。至於那位先生是怎麼知道自己一家會種血頭菇的。老五不清楚，也沒興趣弄清楚。他這輩子只有一個念想，就是將人生翻盤，把那折磨自己十多年的混帳踩下去。狠狠的踩下去！

「你在外邊，究竟遇到了啥子事？」父親見他一臉執著，終究嘆了口氣。沒有答應，也沒有不答應。

老五哭了出來，聲淚俱下的開始講述這十五年來地獄般的生活。眼淚流盡，聲音哭啞，終於才講完。他壓抑太久了，這一發洩，就將自己的精神發洩到幾近崩潰。

父親聽完後，久久沒有言語。

「人活這輩子，苦一時，甜一時。那麼在乎幹嘛？你把人家踩下去了，又能咋個樣。飯還是吃那麼多，睡覺的地方還是那麼寬。死了，一樣成了骨灰。好歹人家還給了你一份工作。」終於，父親拍了拍他的肩膀，安慰道。

老五仰起頭：「可是，爸。我不甘心啊！」

「不甘心！不甘心！但是那血頭菇，哪裡是隨隨便便就能種得出來的。」老爸陰沉著臉，哆嗦著撿起地上的旱菸管，好不容易才點燃火。

旱菸葉子被火焚燒，散發出刺鼻的味道。

「我才四十歲，還想拚一下。」老五咬著牙，哀求道：「爸，你就幫我這一次吧！」

「我幫你可以。但是血頭菇，還是十一個傘柄的血頭菇。不是老子一個人種植得出來的。」爹在桌角上磕了磕旱菸管：「何況，你嘴裡那個先生，有點古怪。為啥子一定要十一個傘柄的血頭菇？」

老五曾經聽爺爺提起過血頭菇。獻給皇帝的血頭菇，只需要三個傘柄。富貴人家高價買的血頭菇，最多不過兩個傘柄。據說超過五個傘柄，這血頭菇就不能食用了。

血頭菇，十年只能種一次。

自己家數千年的傳承，從未有哪一代人種出過十一個傘柄的血頭菇。

「只要爸你答應就好。」老五見老爸鬆動了，心裡也稍微安定了些：「我曉得那種血頭菇，一個人種不出來。我明天天一亮，就去找四爺爺他們。」

雖然自己家掌握著血頭菇最關鍵的種植技術，但是種植血頭菇異常危險，並不是一個家族能夠獨享的。種它，至少需要四個人。而這四個人，屬於村子裡歷代傳承的四個長老家族。

「你四爺爺發達了，不缺錢。我想他是不幹的。」

老五眼睛一眯，「有些事情，不是錢才能辦得到。」

那神秘先生不但對血頭菇志在必得，竟然對自己村子的事情也是瞭若指掌。臨行前，先生給過他幾樣東西。說是只要看到了，四爺爺等人，一定會答應自己。

事實，果真是如此。

回到村子的第三天，老爹，四爺爺，牛爺，傻子爺全都答應了老五。第四天清早，五個人就提著行李出發了。

但是關於種植十一個傘柄的血頭菇這件事，似乎每個人都不太抱希望。畢竟無論是老五的父親，還是四爺爺，牛爺，傻子爺，全都沒聽說過歷代有誰種植出過類似的蘑菇。

但是在神秘先生讓老五代送的禮物的誘惑下，無一例外，他們全都答應去一趟。因為老五承諾，無論種不種得出來。禮物都是他們的。

臨行前，五個人按照風俗，來到菇神廟祭拜菇神。荒蕪的菇神廟冷冷清清，雜草叢生。破敗的房瓦已經塌了一大半，只剩下一個剝落了金身的泥菩薩還安然聳立在這破敗不堪的廟宇中。

每次祭拜菇神，老五總會覺得很奇怪。因為菇神的模樣太怪異可怕了。

說是菩薩，可是菇神從來沒有菩薩的莊嚴慈愛，而是面容猙獰，模樣可怖。甚至分不清楚是男是女。

而且菇神居然沒有皮膚。

老五聽早已經去世的爺爺說，最早菇神是沒有皮膚的，千年前建造這尊菇神雕像的工匠，甚至用富含鐵的顏料來塗滿菇神像的體表。

血紅色的菇神，猶如從地獄爬上來的惡鬼。哪裡有神仙的模樣。

由於菇神的樣子太可怕了。直到清朝晚期，才有村人發下宏願，集資買了金粉，給菇神表面塗抹了一層金身。

如今，脫落了大部分金身的菇神身上，許多暗紅的顏料露了出來。那詭異的模樣看得老五頭皮發麻，被菇神廟後邊猛地襲來的冷風一吹，只感覺從腳底一直冷到了頭頂。

父親四人面色嚴肅的按流程祭拜完菇神後，又燒了幾炷香，這才安心的離開。上山種蘑菇，本就寂寞空虛不太平。何況是種那種全世界恐怕也只能在那片土地上，才栽種得出來的血頭菇。

老五對父親的謹慎小心，其實很不以為然的。都什麼時代了，山上的兇猛野獸都被殺光，成了瀕臨絕種的動物。一輩子都不一定遇得到一次。種個蘑菇而已，能有啥危險？

據說一直以來，血頭菇都只能在村子背後，山上的一小塊地上才能種植。那個地方，是村子的禁地，不但窮山惡水，而且沒有路。千年來，村裡知道那塊地方存在的，也不過是四個長老家族的族長而已。

老五的爹一直在前邊帶路，原始森林的植被很茂密，爬了足足一天半的山，他們才終於來到一座快要倒塌的茅草屋前。

「不能再往前走了。」老五父親的視線透過樹葉的縫隙，看了看天色：「今晚就在這裡歇歇。」

「到地方了？」老五眨巴著眼問。

父親搖了搖腦袋，「還早得很。」

「才正午，幹嘛不接著趕路？」老五急著道。他實在想早點種出蘑菇，拿到那位先生承諾的報酬。

「五子兒，你不曉得規矩。種血頭菇的地方，哪有那麼好去的。」四爺爺笑呵呵的說：「雖然是正午，但是要走到下一個茅草屋，時間不夠。祖宗遺訓，不待在茅草屋裡，會有危險。」

「能有什麼危險？」老五奇怪的問。

「這就不清楚了，我只跟著來種過一次血頭菇。」四爺爺聳了聳肩膀，「你問問你爹。」

老五的視線移向父親，父親也表示自己不清楚：「祖宗的遺訓，肯定有它的道理。我們晚上住這裡，天一亮就走。傻子，你去設陷阱！」

傻子爺點點頭，放下手裡的東西，提起砍刀，在茅屋周圍就地取材，用繩子和樹枝設了許多個致命的小陷阱。

老五越看越離奇。深山老林，除了防已經變成保育動物的野獸外，難道還要防別的東西？傻子爺設的陷阱，明顯是針對人類的……

不！不對。不是針對人。看陷阱的高度和深度，應該是為了預防某種人形生物靠近！

他很不以為然。五個人在茅草屋裡待了一夜。雖然什麼也沒聽到，但是當早晨傻子爺出去洗漱時，沒多久，就見到他一臉煞白、失魂落魄的跑了回來。

滿屋子都是他結結巴巴，恐懼害怕的喊叫聲：「老大，陷阱！陷阱，全部都被觸發了！」

「你說啥子！」老五老爹嚇了一大跳：「咋個可能！」

「不信，老大你自己去看。」傻子爺顯然也沒有碰到過這種事。住茅草屋，設陷阱，不過都是遵守祖訓。他們哥四個，從民國開始就跟著自己的父母來種蘑菇，從來沒有遇到過這些怪異的陷阱被觸發的情況。

沒想到這一次，居然真的發生了。

老爹四人臉色嚴峻的走到佈置的陷阱前，看著明顯被觸發的陷阱，久久沉默不語。

四爺爺低聲道：「老大，會不會是啥子野獸？」

「不可能！」老五老爸搖頭：「山裡有什麼野獸，咱們都清楚得很。這些陷阱野獸根本觸發不了！」

傻子爺聲音還在發抖，「祖訓說，一旦陷阱被觸發，血頭菇就種不成了。」

老五急著道：「說不定是晚上風太大，把陷阱吹動了。」

「這話，你龜兒子自己都不信。莫瞎說了。」老爸在老五頭上使勁兒敲了一下，「祖訓說，陷阱觸發，九死一生。算了，我們回去吧。」

老五一聽這話，更急了，連聲喊道：「爸，使不得！」

「龜兒子，老子可以為了你不要命。但是你四爺爺、傻子爺和牛爺，沒有必要跟著一起冒險。」老爸堅持道。

老五見說不動自己的父親，乾脆轉向四爺爺他們，「牛爺、傻子爺、四爺爺。你們東西也拿了，血頭菇都還沒開始種，不會覺得有點說不過去？」

四爺爺三人扣了扣腦殼，終究還是捨不得送到手裡的禮物。反而勸起老五的爸來，「大哥，咱們村種了千年的血頭菇，從來沒有遇到過什麼怪事。祖訓是應該聽，但估計以前真有啥子，現在也沒了。」

老爸皺著眉頭，「唉，你們一個兩個，都被人耍到了手裡頭。算了！算了！老樣子，投票吧。」

結果顯而易見。那神秘先生用禮物掐住了所有人的命門。除了爹外，五個人，四張贊成票。

老五等人收拾好行李，繼續上路。臨走前他爹還是不死心，在陷阱邊溜達了一圈。

突然，某個陷阱中的一樣不顯眼的東西吸引了他的注意。

那東西就掛在陷阱的尖刺上，飄蕩在冰冷的風中。

老爸將那東西取下來，在眼睛底下一打量。頓時整個人都驚呆了！

第一章◆七口棺材

生活之所以叫做生活，就是因為生活中充斥著各式各樣的意外。哪怕是我自命不凡，雖還不到聰明絕頂。但是，夜路走多了，還是有碰到鬼的時候。一不小心，我就被生活強姦得體無完膚。

我叫古塵，本來應該平平凡凡的在大學裡等待畢業的。可是，你妹的，這算什麼情況？

一路追查著陷害自己的周偉七人背後的黑手，追查著隱藏在醫生孫喆身旁的養屍人。最終，還是讓自己掉入了陷阱中。

「格老子，這個茅坪村果然是個陷阱。栽大跟頭了。」我學著孫喆用四川話大罵，聲音迴盪在封閉的空間裡，不停地向外傳播，悶聲悶氣的。

被敲過的腦袋，直到現在都還暈乎乎的。身旁一片黑暗。伸手不見五指的空間裡有股令人窒息的惡臭味。

我似乎被活埋在地底下了。

「有沒有人，喂！」我大喊了一聲。喊叫不停迴盪，顯得越發陰森。

「猴子？」我不死心的再次大叫。跟我一起去茅坪村的孫喆，似乎並沒有跟我一起被逮住。至於他是死是活，我也不清楚。

自己摸索著往前走了兩步，總覺得有些不太對勁兒。地上泥土濕濕的，蹲下身抓了一把，我頓時皺起眉頭。

泥土在手裡的觸感很怪異，滑滑膩膩的，噁心得很，如同長期浸泡在血水中般。但鼻子中不停灌入的臭味，偏偏沒有血腥味。

那個控制著茅坪村女童屍體的養屍人，為什麼沒殺了我，而是將我活埋進這個鬼地方？難道，還想從我身上壓榨出某些我自己都搞不清的東西來？

目不視物實在是太難受了！我突然用力拍了拍腦袋，從身上摸出一支手機。養屍人並沒有搜我的身，身上的東西都還在。怪了，這混蛋究竟想幹嘛？藉著我玩探險類養成遊戲？

對那神秘養屍人，我極為忌憚。他和我從史料以及民俗學上讀到的相關資料完全不同。歷史上的養屍人，其實是類似於處理屍體、令屍體不腐爛的早期化學家。但是躲在暗處陰我的混蛋，手裡似乎握著一股超自然的力量。

不只能養屍，甚至能令屍體變異，為其所用。這簡直顛覆了博覽群書的我的世界觀。

冰冷刺骨的空氣，死了般停滯在身旁。我打開手機的手電筒功能，只看了一眼周圍，頓時整個人都愣住了！

藉著手機的光，赫然發現，這個偌大的封閉空間裡，竟然擺放著七口棺材。七口黑黝黝的棺材，不知到底經歷了多久的歷史。棺材表面的漆在光線的照耀下，反射著妖異的光澤。

棺材按照北斗七星的位置擺放，我正好站在北斗七星的勺子中。

自己一動也不敢動，哪怕身邊的空氣再陰冷，額頭上的汗水不停的往外冒。

我的心臟不爭氣的急跳不止！

「你妹的，好凶厲的墓！」過了好半晌，我才從震驚中回過神來。目光再次移向剛才抓著墓地土壤的左手。

手已經被某種黑色的顏料染黑了，在手電光芒中，顯得極為刺眼。

不錯，這裡絕對是個老墓。至於在哪個位置，我猜，恐怕是茅坪村那個禁忌山谷的下方。

養屍人借用禁忌山谷養屍體。也借用一條條的線索，將我和孫喆引誘過來。真正的目的，難道就是把我活埋在這個老墓裡？

格老子，我不過就是個普通的死大學生而已。雖然貌比潘安，知識博學趕超愛因斯坦，這養屍人嫉妒就嫉妒嘛。居然還將我朝死裡趕，來活埋這手！太讓本人抓狂了！

我苦笑著，僵硬的身體仍舊不敢動，雙腿因為長時間站著，開始發抖。

自己，是實在不敢動，哪怕一小個動作，也不敢。

因為這個凶墓，比想像更加可怕！如果是以前，我對此恐怕會嗤之以鼻，但是最近遇到的超自然事件太多，早就讓自己知道得步步留心了！

從古至今的風水學上，對墓中棺材擺放成北斗七星狀，有過許多描述。可是沒有一個是好的！人類，自古就有星辰崇拜，而對北斗七星的崇拜更是如此。

中國的農曆曆法，就是按照北斗七星的變化，訂下一整年的季節。可是北斗七星轉入墓地中，就是不吉。當初我猜測這個神秘山谷是塊養屍地。但是，我猜錯了。

這鬼地方，根本就不是單純的養屍地那麼簡單。

排列成北斗七星的七口古舊棺材，安靜的放在地上，無聲無息，只是洩露著無止境的詭異。每一口棺材，都沾滿了時間的塵埃。

因為太過緊張，額頭上，一滴汗水順著我的臉頰，轟然向黑漆漆的地上跌落。我眼快手疾，立刻把那滴汗水險之又險的抄進手心裡！

這鬼地方，哪怕是一滴汗，恐怕也會生出可怕的化學反應。我不敢冒險。位於北斗七星勺子中間的自己，可以說是步步為營。養屍人將我扔在這裡，肯定是有所圖。根據風水學，只有極凶的墓，才會用一口主棺材，六口陪葬棺材，鎮壓墓穴的沖天戾氣。

但是，我越是觀察那些棺材，越是心驚。

位於天樞星位的棺材，看風格分明是一口唐朝的棺材。黑壓壓的表面，圓潤的腹部，以及微微凸起的棺材蓋。表明此人的身分，絕對不低，甚至有可能官至當年的四川都統。這難道便是墓穴的主人？

我不由得皺眉。可接著看向第二口棺材時，頓時整個人都懵了。

第二口棺材，棺蓋平直，棺身雖然橢圓，但是掩蓋不住堅毅的骨架。怪了，這居然是口宋朝的棺材。身分同樣不低，至少也是都統。

第三口、第四口……

我將七口棺材全部看了個遍。只感覺全身冰冷。這墓穴究竟是怎麼回事！居然擺了一口唐朝棺材、兩口宋朝棺材、一口元朝棺材、兩口明朝棺材，最後甚至還有一口清朝棺材。

每個棺材的型制都代表著不低的身分。中國的棺木，只要是一定的官階，就會分文官、武官。七口棺材，清一色的武官形制，全都位至四川都統。簡直讓人頭皮發麻！

我臉色鐵青，就連喘息都粗重起來。

這怎麼可能。本人的知識從來都是令我自豪的豐富，可是唯獨眼前的狀況，完全讓我摸不著頭緒。中國的墓葬裡，從來沒有五個朝代同一階級的武官葬於一個墓穴的先例。哪怕是我把腦袋想破了，也想不出原因來。

正因為此，我更加的小心翼翼了。剛剛就覺得這個墓穴有些不尋常，現在，更是手腳發冷。不行，不能待太久，必須想辦法逃出去！

誰知道待久了會發生什麼可怕的事！

我將視線從棺材上移開，掃視這偌大的空間。地底墓穴大約有五公尺高，周圍的黑暗，哪怕是LED光源，也照不到盡頭，根本就不清楚究竟有多寬闊。

想來也是，茅坪村外那塊飛地，自古就有可怕的傳說，不准村人將屍體安葬在山谷中。恐怕，想要隱藏的秘密，正是這個詭異的墓地！

我看了一圈，也沒看出個所以然。最後目光再次落到了地面上。周圍的空氣瀰漫著淡淡的濕氣。而濕氣，正是從地上蒸發出去的。陰冷的氣息包裹在濕氣裡，讓人毛骨悚然。

我再次抓起黑黝黝的泥土，湊到鼻子上聞了聞。

「咦，怪了，這味道有些怪！」人都說沒有光的時候，除了眼睛外的五官會更加靈敏。我反而覺得，這個論調有問題。有視覺的普通人，在有光的情況下，五官才會更好用。因為眼睛會收集更多的資料，讓其他感官更妥善的處理訊息。

手中的黑色泥土黑得異常，彷彿裡邊有什麼神秘物質。

我想來想去，最後還是用舌頭舔了舔，頓時明白那神秘物質到底是什麼了！

「你妹的，居然是狗血！」我連忙大呸不止。舌頭上有一種澀澀的異味，狗血之所以自古以來被稱為辟邪的藥引，就是因為這種奇特的味道。經久不息，哪怕是跨越千年，血腥味不見了，噁心的獨特滋味，還是能嚐出來。

這塊凶厲的陰墓中，又是將歷代武官擺放成北斗七星狀，又是灑黑狗血。難道……

突然，我腦中靈光一閃，瘋了似的用手挖掘著腳下的黑土。果不其然，每一層的土，顏色都不同。腳下的土是浮土，很鬆散。一挖就能輕易挖出個坑來。一層土大約三公分厚，每一層，都代表著數百年的歲月。

七口棺材，七層土。鋪在棺材周圍的每一層土，無一例外，都用黑狗血浸泡過。越是往下，黑狗血浸泡的時間越長。

我挖到唐朝那一代的土層時，精神都恍惚起來。那層土，居然在燈光下散發著妖異的紫色，極為顯眼。

黑狗血！北斗七星！兩種東西都代表著一個意思，那就是鎮壓。難道這七口棺材裡的屍體，有古怪？

棺材安靜無比，沉浸在死亡中。怎麼看，都不過是埋藏在歷史塵埃中的人類造物罷了。可是那個養屍人，既然將我扔在這裡，背後隱藏的秘密，絕對不簡單。

如果說，北斗七星以及黑狗血是用來鎮壓這七口棺材裡的屍體。那麼，養屍人為什麼要將我塞在北斗七星的勺子位置？

就因為想不通這一點，我才直到現在，都一動也不敢動。更不敢走出勺子的位置。可是要逃出去，就必須要走出棺材輻射的位置。

我臉色凝重，思前想後，然後再次打量了四周幾眼，突然大叫一聲：「咦，這裡既然全是浮土。那個混帳，到底是怎麼將我扔進來的？」

浮土之所以稱之為浮土，就是因為它們是人為用手撒上去的。一踩一個腳印。我抬頭看了看，五公尺高的墓穴頂端，沒有任何挖掘開的痕跡。而地面的棺材周圍，同樣也沒有人走動的痕跡。

彷彿我是從空中飛到這裡來的般。

空中？

我神色一動，連忙用手電筒仔細的在腦袋頂端尋找蛛絲馬跡。沒想到還真被自己找到了端倪。離我三公尺高的位置，居然開了個孔，固定著一根吊索。那根吊索已經很古老了，但是卻散發著油光。應該是最近才被人保養過。

順著吊索往前看，只見吊索直直的穿過北斗七星的天樞星位置，最後隱沒在黑暗中，直到再也看不見。

這個墓穴，果然不是死墓。肯定有出口，而且一直有守墓人在保養。

吊索顯然直通向出口，真是天不絕我啊！

我精神一振，不管不顧的決定打破僵局，先跟著吊索跑到出口再說。可是身體剛一離開勺子處，就聽到背後傳來一陣吱吱嘎嘎的可怕響聲。

身後整齊排列的七口不同時代的棺材，竟然在我離開後，同時發出一陣刺耳的「吱呀」響。深深敲入的棺材釘紛紛飛了出來，如同子彈般飛射出去，彈了很遠。

我驚訝的向後看了一眼，只看了一眼，魂就險些給嚇掉了！七口棺材，每一口棺材的蓋子都開始從內移開。

七隻乾枯發乾，長著鋒利指甲的手從棺材中，探了出來！

「靠！屍變了，真他奶奶的屍變了！」我尖叫一聲，強壓下心中的恐懼，用盡吃奶的力氣使勁兒的逃。

這一逃就不知道逃了多久，還好，那些歷代的武官屍體，似乎並沒有追上來。鋪在地上的黑狗血起了作用，那些乾枯的手，每根手指上都長出了將近半公尺長的捲曲指甲。

指甲垂到地上，浸泡了黑狗血的浮土上立刻發出輕微的爆裂聲。似乎陳年黑狗血中的某種元素，和屍體的指甲產生了化學反應。屍變的屍體隨即受到了創傷，鋒利指甲上甚至出現了裂痕。

七具屍體，最終再次將手縮回棺材中。

我頭皮發麻的在鬼門關前繞了一圈，氣喘吁吁的不停跑。突然，手裡的手電筒似乎照到一個鬼模鬼樣的東西。自己一個沒停住，跟它撞了個滿懷。

還沒等自己嚇瘋掉，那個鬼模鬼樣的東西居然先尖叫起來，一邊聲嘶力竭的尖叫，一邊用手裡樹枝狀的兇器不停的擺來擺去，一副想要讓惡靈退散的姿勢。

我一聽聲音，居然有些耳熟。頓時冷靜了下來，大聲喝道：「喂，冷靜一下！看胸部大小，還有喇叭一樣尖的鬼叫聲。喂喂，妳是秦思夢？」

話音落下，對面那鬼模鬼樣的傢伙，所有動作都停了下來。只剩一個弱弱的女孩音調，「古塵？」

我心裡的大石頭，總算是落地了，「是我。」

一邊說，一邊將手電筒的光照過去。有個極為狼狽的窈窕身影被光籠罩，顯露出模樣來，果然是失蹤的校花秦思夢。怪了，她不是失蹤了嗎？怎麼會在這鬼地方？

難道，這傢伙是被周偉七人背後的黑手綁架了？

「古塵，真的是你？」秦思夢難以置信的叫著，整個人幾乎失去了力氣，她癱軟著說：「太可怕了。我被人關進這個墓地中，四天了。整整四天都找不到辦法出去！」

「四天？」我一愣。記憶裡，她失蹤也不過才三天罷了。難道自己整整昏迷了一天一夜？

「小古，有沒有吃的？我餓了四天了！」校花蒼白的臉上有些紅潤，任誰一個人在地底古墓這封閉空間見到熟人，都會無比激動的。

我上下摸索了一陣，掏出幾片威化餅乾，「湊合著吃吧。對了，妳是怎麼跑這裡來的？」

「看我模樣就知道，被綁票了！」

「被誰？」我輕聲問。

「還能是誰！」秦思夢咬牙切齒地說：「還不是那個混帳死女人，李欣！」

李欣是我同系的同學。上次自己和秦思夢被周偉等人騙進山中獻祭，看來這個看似溫柔漂亮的女孩，才是真正的操盤手，周偉他們六個，不過是打手而已。經過那件事，我不禁懷疑，李欣是不是能直接聯絡到他們背後的藏鏡人。

甚至，對藏鏡人的目的，也有所瞭解。

不過這個李欣似乎也早就失蹤了！她怎麼又突然跳出來，綁架了秦思夢？我越想，越覺得似乎裡邊的謎團，比自己猜測的更加麻煩。

「這裡不安全！」秦思夢左右掃視了兩眼，拉著我的手，緊張的帶路：「跟我走。我找到一個地方，比較好說話！」

我點點頭，跟著校花一路朝前走，直到一處土壁邊。

「鑽進去！」秦思夢突然語氣急促，用力推了我一把，「快，那些東西來了！」

女孩指著土壁邊一處不太顯眼的凹槽，聲音尖銳。我被她的焦急弄得頭皮發麻，趕緊鑽了進去。那個凹槽太小了，只能勉強容納兩個人擠在一起。

我倆緊緊的貼著，自己甚至能感受到兩團軟綿綿的物體頂著我的背，頓時不好意思起來。剛想挪一挪位置，就聽秦思夢又道：「別動。不想死，就千萬別動。屏住呼吸！」

我照著她的話做了。聽女孩的語氣，似乎有什麼不得了的東西經過。為了保險起見，我關掉了手機的手電筒。世界再次回到黑暗。

漆黑的空間，無聲的封閉墓穴。一切的一切，都在無法視物的無光世界中充滿了恐怖的色調。彷彿詭異氣息在逐漸從遠處瀰漫過來，吞噬周圍如死的空氣。

等到那股令人窒息的氣氛從遠處逐漸飄走，秦思夢才長長的呼出口氣：「得救了，幸好我們躲得及時。」

「那是什麼？」我皺眉問。

女孩聳了聳肩膀，「鬼才知道。我又沒有手機，從來沒看清楚過那鬼玩意兒的模樣。」

「那妳怎麼知道它有危險？」我奇怪道。

秦思夢苦笑，臉上止不住的恐懼，「你以為我是怎麼活下來的？進了這個鬼地方的第二天，我就碰到了一個倖存者。他也是被人莫名其妙丟進來的。他自稱老五，聽聲音是個中年男人。其餘的，便一問三不知了！

「這個老五不知道在這個地底墓穴中待了多久了。人精得很。他不但救了我，還告訴我，那股看不見摸不著的氣息，極為危險。只要感覺它來了，就只能拚命躲在這個凹槽中！否則，就會死！」

我倒吸了口冷氣，「妳的意思是，這個古墓裡，還有別人？那個老五在哪？」

「我也不知道！」秦思夢悶悶的搖頭，「老五在附近幾個地方設了簡單的陷阱捉老鼠。他一直都是靠生吃老鼠活下來的。但是墓地的老鼠實在很少，所以這傢伙讓陷阱分佈得很廣。昨天他去檢查陷阱後，就再也沒有回來。否則我也不會絕望的冒險跑出去！」

我嘆了口氣。在這個神秘詭異的地方，一個人恐怕是很難撐下去的。無光、沒有安全感、惶恐。一切的一切，都令人類這種社會性的生物無法忍受。自己能理解秦思夢一個人待在這凹槽裡，最後乾脆破罐子破摔的心情。

「幸好，碰到了小古你。否則我都不知道有沒有勇氣活下去了！」秦思夢的話中全是苦澀和恐懼。

我沒有深究老五的去向，而是將話題又扯了回來，「那個李欣，究竟是怎麼將妳綁過來的？」

這個問題，自己總覺得很重要。畢竟如果單是李欣一人，以秦思夢對她的警惕和痛恨程度，怎麼可能讓她把自己騙走。

如果不是騙的話，那就是用強的了。也不對，身旁的校花看起來柔柔弱弱，可是根據我的調查，這傢伙曾經學過女子防身術。單憑李欣，根本打不過她。中間，肯定隱藏著某個秘密！

果不其然，自己一提及「綁架」這個詞。秦思夢的表情立刻豐富起來，如同打破了調味瓶，酸甜苦辣鹹一樣都不少。

最終，她的臉上只剩下了深深的疑惑和恨意，「說起來，我至今都搞不清楚，自己究竟是怎麼被綁走的。因為一切實在太詭異了！」

隨著女孩的講述，我也不禁變了臉色。因為秦思夢四天前的經歷，真的令我難以解釋……

一切，都要從四天前說起！

第二章◆紙紮人

每個人的心裡都裝過一些孤單的句子，隨著情感跌宕起伏滾落出來，它們就變成了這個世界上最安靜的寂寞。

對校花秦思夢，這個驕傲漂亮的女孩而言，更是如此。她一直以來，都是寂寞的。如同美麗盛開的花朵，沒人懂，很難搞，只殘留著餘香，自己欣賞。

有人說象牙塔的世界中，沒有經歷過轟轟烈烈的愛情，就不會有完整的人生。秦思夢嗤之以鼻。

她，從來就不懂，什麼叫愛情。

現代社會賦予了人一種區分出階級的速食人生。受制於自己的家族，女孩的一生早已經刻下了深深的家族烙印。無力掙扎，沒法掙脫，窒息的盡頭便是絕望。

久而久之，秦思夢也懶得掙扎了，乾脆就這樣隨波逐流下去。

大家族的兒女，旁人只看到了他們的奢侈驕傲，卻看不到他們躲在角落裡的眼淚。

本以為生活就這麼無趣的走下去。卻哪裡想得到，一場郊遊，居然將她平淡的人生撕扯得支離破碎。

「可惡的古塵，又命令我！他又命令我！氣死了！真以為還在那個詭異的洞穴裡，我還需要他救命啊！」四天前一個下午，接到古塵電話的秦思夢氣憤的一把將手機扔到了地上。

但是，接著她便又冷靜了下來。設下圈套的周偉等七人中，李昌居然死在了紫苑小區B棟的租屋處電梯裡，據說死得很詭異。而且古塵還用嚴肅的語氣說，自己跟他有可能會死。

越想，秦思夢越覺得這裡邊隱藏著某種陰謀。

「要不要幫這個忙呢？」女孩猶豫著拾起電話，還是撥通了一個號碼。無論如何，陰謀都關係著自己的安全。還是幫那個臭小子一個小忙吧。

秦家在春城確實很有勢力，很快，她就從警局拿到了紫苑小區B棟電梯裡的監視器畫面。秦思夢選了一條最漂亮的裙子，慢吞吞將車從車庫裡開出，想要將光碟帶去給古塵。

約定的地點在昨天那家餐廳裡。一路上校花開車都開得心不在焉，心裡思忖著該怎麼氣氣那個語氣臭屁而且不斷用命令句跟自己這位小姐大人說話的古塵。

當車開到永輝路前段，突然一個影子從車前一晃，眼看就要撞上了。秦思夢嚇得魂都快飛上了天，連忙踩下煞車。可是由於永輝路的車流不多，她開車的速度不算慢。煞車不及，終究還是撞在了那個影子上。

落日的餘暉將整個街道照耀得一片通紅，秦思夢眼巴巴的看著車頭的人影被自己撞飛，飛了十幾公尺遠。

「糟糕，別出人命啊！」校花趺趺撞撞的等車停下後，拉開車門就往那個倒在地上的人跑過去，想要看看那人的傷勢。

可是這一看把秦思夢嚇得整個人都石化了。眼前確實是一個人，但卻不是個活人。它穿著綠裙子，紅色的棉襖，臉上猶如塗了白膏般慘白。

分明，分明是個紙紮人！

怎麼搞的，這個紙紮人怎麼會突然出現在城市的街道上，又一頭被她撞到的？無論怎麼想，都透著一絲詭異。

太陽的光芒一片猩紅，舔舐著乾淨的城市街道。陽光下，路邊的行道樹拖著長長的影子，令人不寒而慄。秦思夢猛地打了個寒顫，再也不敢看被她撞到的紙紮人，連忙朝車上跑去。

可是恐怖片裡經常出現的情節，好死不死的被她遇到了。無論她怎麼拚命的想要點燃汽車引擎，無論她怎麼使勁扭動鑰匙，汽車的引擎都只是不斷的發出「喀喀喀」的響聲，不管怎樣都發動不了。

「該死，明明是一輛新車，怎麼可能會出問題。」秦思夢大罵道。她不敢下車，而是將車窗車門都牢牢鎖死，這才偷偷的朝窗外看了幾眼。

永輝路在春城的三環外，現在不是上下班時間，所以開車經過的人不算多。但是以春城接近九百萬的人口，行人也絕對不少。光是隨便看看，都能看到許多行人悠哉的來來往往。

有的甚至從前邊不遠處的人行道上經過。但最可怕的是，沒有一個行人注意到自己的車前方十幾公尺處，那個安安靜靜的躺在地上的紙紮人。哪怕是近在咫尺了，也沒有一個人看一眼！

這情況，太反常了！

事出反常必有妖。秦思夢再次嘗試著發動汽車，最終還是又一次失敗了。她只能祈禱有人注意到自己的車大剌剌的停在車道上一動也不動，嚴重違反交通安全，有人會上來詢問或是報警。

可是等了十幾分鐘，女孩感到更加不對勁起來。她全身都怕得止不住的發抖。不對！絕對有問題！外邊的行人，明明笑嘻嘻的走來走去。明明時不時有車從自己旁邊呼嘯而過。居然沒有一個人靠近她，沒有一輛車注意到她的車出了問題。

這已經不能用人情冷漠來形容了。除非，他們根本看不到自己！

一想到這個可能性，秦思夢立刻搖頭：「怎麼可能！我的車明明擺在這兒。都瞎了？怎麼可能看不見！」

寬敞的雙向八線道上，自己的紅色跑車猶如隱形了般。所有人不只忽略了不遠處的紙紮人，更是看不到她。

等著等著，秦思夢整顆心如落入冰窖裡。面前有一個老奶奶拄著拐杖慢悠悠的闖紅燈路過，離自己只有半公尺遠。可是老奶奶視而不見的走了過去，周圍避讓的車輛不斷停下來，衝著老奶奶按喇叭。

有一輛車甚至就要撞上自己了。秦思夢眼巴巴的看著車尾巴甩過來，嚇得連忙閉上眼睛。可是車與車的撞擊終究沒有發生。等她再次張開雙眼時，老人已經走到了安全島，而甩尾的車，已經開遠了。

秦思夢根本搞不懂這是怎麼回事。更可怕的是，如此多的車，雜亂無章的亂開。

而十幾公尺外，那冰冷橫在地上的紙紮人，依然好好的躺在地上。完全沒有被輾壓過的痕跡。

簡直令她難以置信。剛剛明明有幾輛車的軌跡就在紙紮人不遠處，如果順利往前開，肯定會輾過紙紮人，將它輾得支離破碎才對！

一切的一切，已經完全顛覆了秦思夢的認知。她只知道一件事，她可能遇上難以解釋的東西了！

「對了，電話，電話。怎麼忘了自己還有電話呢？」女孩手忙腳亂的掏出手機，剛解鎖螢幕，頭上的冷汗就滴了下來。

怎麼可能！

她絕望的看到，手機的訊號顯示上，居然有一個關閉的符號。沒有信號！怎麼可能沒有訊號。這可不是什麼偏遠的地方，而是在城市中啊！一個九百萬人的城市竟然在大街上都有訊號空白區，簡直不可思議。

車發動不了，手機沒訊號，完全是逼著她棄車步行。

秦思夢臉色陰晴不定的看著車外熙熙攘攘，越來越熱鬧的人和車。越臨近下班時間，路上車越是多。密密麻麻的人和車發出的噪音，不斷傳入她的車裡，令她冰冷的膽子稍微壯大了一些。

不管怎麼說，先找個人借電話打吧。

女孩檢查了一下自己的隨身包，這才拉開車門走下去。可，就在她拉門下車，一隻腳剛落到地面的一瞬間，整個世界的聲音，彷彿逐漸褪色的老照片，在她的耳蝸中不斷的減弱。

等她雙腳著地時，耳朵已經聽不到一絲一毫的聲響。就如同空間陷入了沉寂，時間被暫停。就連頭頂猩紅的落日，也變得蒼白無力，失去了色彩。

秦思夢孤零零的提著包包，穿著高跟鞋，站在這個無聲的世界裡。她愣了愣，心裡「咯噔」一聲，大叫：「糟了！」

很明顯，無論這超自然現象背後究竟隱藏著什麼陰謀。那個陰謀的第一步，就是讓她離開汽車。她瘋了似的轉身拉扯車門把手，可是車門不知什麼時候合攏了，不論她怎麼拉，完全一動也不動。

秦思夢驚慌失措的用包包敲車窗，可自己這輛車玻璃厚實，哪裡是輕巧的包包能夠敲破的。女孩最終臉色發白的，放棄回到車裡。她面向這無聲無息的空間，認命的觀察起來。

永輝路剛剛的熱鬧繁華已經消失了，只剩下冰冷刺骨的風，和全然無聲的死寂。路上的車，人行道上的行人，彷彿被按下了暫停鍵，全都不再動彈，保持著她剛剛開門前一瞬間的模樣。

「不會是時間真的停止了吧？」女孩掐了自己一把，痛得很，絕非做夢。可是不是夢的話，這世上有什麼力量，能夠將空間和時間都停滯住呢？能將空間停住的力量，到底是怎樣可怕的存在？又或者說，那麼偉大的超自然力量，為什麼一定要找自己一個小女子的碴呢？

還是說，古塵真的猜對了。自己現在遇到的一切，都和那場獻祭有關？自己和他雖然從那該死的洞穴裡逃掉了，可，仍舊沒有脫離危險！

秦思夢漂亮的長睫毛抖動了幾下，眼尖的她看到幾十公尺外的人行道上豎立著一座老舊的公共電話亭。

手機沒訊號，說不定公共電話還能用！

那個公共電話亭已經成為了秦思夢最後的救命稻草，她被這詭異地方弄得快要瘋掉了。精神狀況已陷入混亂，也不知道還能堅持多久，必須要找些事情做才行！

女孩離開車，往前走了兩步。只是兩步而已，這無聲的世界又是一變。

本來還有顏色還有形體的車與人，猛然變了色調。熙熙攘攘的行人在褪色，最終全都變成了無數個穿著綠色褲子和裙子，豔紅色棉襖的人。

不，這些東西哪裡還是人。分明就是一個一個用來祭祀亡者的紙紮人啊！

秦思夢只感覺一股陰冷的惡寒從腳底爬上了頭頂，雞皮疙瘩都冒了出來。不只是行人，就連附近的車也變了。變成了由紙張紮成的紙車。

這，到底是怎麼回事？

女孩手腳冰冷，不停地發抖。她不知所措的站在原地，實在不敢再動彈。就在這時，十幾公尺外，一棵大樹下，一個人影突然朝遠處猛然跑動起來。

在這停滯的世界裡，能看到同樣能動的物體，秦思夢也管不了那麼多了。她連忙跟著那人影跑了過去。

等看清那個人究竟是誰時，女孩恐懼的心頓時全部被憤怒充滿。那個傢伙竟然是李欣！

混帳，居然是她在背後搞的鬼！

秦思夢是個驕傲的女人，驕傲的女人發起火來的時候，其實是很瘋狂的。哲人說憤怒會讓驕傲的人變得瘋狂，使人無所顧忌。

或許，真的是如此吧。在這麼詭異的，全是紙紮人和紙車拼湊出來的停滯世界中。秦思夢的眼睛，再也容不下其他東西，她死死的盯著不遠處，那個不停往前跑的身影。一直盯著，跟著她跑。

李欣彷彿沒有察覺到有人在跟蹤自己，她的臉色惶恐，似乎在不停地尋找什麼。而秦思夢就這樣跟蹤了接近半個小時，等前邊的李欣突然停住腳步時，她才猛地也停了下來。

背對著她的李欣，本來驚慌失措的表情，變了一變。她的嘴唇咧開一絲弧度，那彷彿笑容的弧度弔詭得很，幾乎就要撕裂嘴角。看著她側臉的秦思夢，突然沒來由的湧上一絲不祥的預感。

「校花大人，妳跟蹤我跟蹤得很高興嗎？」李欣仍舊背對她，絲毫沒有想要轉身的意思。

秦思夢沒有驚訝，只是冷哼了一聲：「這鬼地方，是妳弄出來的？」

「不是！」李欣苦笑著搖頭：「我哪有那麼大的能力。我本人，也是受害者。那個該死的詛咒的受害者！」

「詛咒？什麼詛咒？」秦思夢皺了皺眉。

「說了，妳也不懂的。校花大人，我有我的苦衷。我們七個人陷害妳和小古，本以為能逃掉……」話說到這裡，李欣深深的嘆了口氣，顯得很苦悶：「恐怕那個人，根本就沒有讓我們活著的打算。」

秦思夢疑惑了，「你們背後的人，到底是誰？」

「我沒辦法告訴妳！」李欣笑瞇瞇的，保持著臉上那活死人般僵硬的喜悅感，「校花大人，妳不覺得周圍的環境，有些不太對勁兒嗎？」

「不就是紙紮人和紙車嗎。這些東西還嚇不倒本……」本來還想說些大話的秦思夢，猛地倒抽了幾口涼氣。

周圍，哪裡還僅僅只是紙紮人和紙車。就連腳踩的地面和兩旁的樹，也變成了慘白的紙質。蒼白的紙質地面不斷從腳底下向前方延伸，道路兩側垂下長長柳枝的楊柳，彷彿畫上去的，豎立在身旁。

柳枝竟然變成了一串串連起來的冥幣！

該死，這是怎麼回事？秦思夢一時間不只懵了，甚至連思考的能力也快退化光了。難道，難道自己是在一個紙紮的沙盤中？誰有那麼大的能力，弄出這麼一個紙世界來？

「有意思吧？那個人的力量如此強大，妳和小古誰都逃不掉的。嘻嘻。逃不掉的。」李欣歇斯底里的說著話，她終於轉過了身。

本以為她也會變成什麼可怕模樣的秦思夢，連忙警戒的向後退了兩步。結果李欣還是那個李欣，有血有肉，仍舊笑眯眯的。似乎在盤算著什麼陰謀。

「妳把我困在這裡，究竟想要幹什麼？妳背後那個混帳傢伙，到底想利用我和古塵達到什麼目的？」秦思夢厲聲問：「快回答我，否則我就不客氣了！」

「說到底，我也很好奇啊。那混蛋，究竟想幹什麼呢？」李欣眨巴著眼睛，突然道：「沒時間了。我要走了，總之我的目的也達到了。」

「妳是什麼意思！」她的話令秦思夢更加摸不著頭緒。但是字裡行間，卻有一股令人驚悚的味道。

秦思夢不敢怠慢，連忙往前撲過去。無論如何，這個極度詭異的紙世界都和眼前神秘的李欣脫不了關係。自己學過些防身術，普通男人都能撂倒，何況是柔柔弱弱的李欣。

先逮住她再說。

秦思夢往前衝了好幾步，一把拽住了李欣的胳膊，正準備來個過肩摔。結果沒想到竟然抓了個空。李欣猶如惡靈般飄飄蕩蕩的向後退了一步，臉上表情雪白一片。

就彷彿，整個人的五官，都泡在水裡，正在褪色。

「該死。」秦思夢大叫不好。等她再次撲上去時，有血有肉的李欣也變成了穿著綠色褲子，紅色棉襖的紙紮人。

李欣說時間到了。到底是什麼時間到了？

秦思夢緊張的呆愣在原地，失去目標的她，實在不知道該做些什麼。在這個充斥著紙質的世界中，她怕得要死。

突然，整個世界都顫抖了一下。秦思夢猶如螞蟻般彈上了天空，如同地心引力已經失效了，她被來自天空的一股吸力吸引了上去，根本無力掙扎。瞳孔裡，紙質世界越變越小，最後變成了一片模糊……

之後，秦思夢就徹底的失去了意識。

「醒過來的時候，我已經被扔進這個地底墓地中了！」女孩苦笑著，將發生在自己身上的可怕經歷打了個句號。

聽完後，我震驚得久久沒有說出哪怕任何一個簡單的音節來。因為我，腦袋早已經混亂，完全無法正常思考了！

和秦思夢一樣，我也根本想不出來，周偉和李欣背後的那個藏鏡人手裡，竟然握著如此大的超自然能量。他不但能養屍，甚至還能將春城一條正常的街道停滯，置換成紙的世界。

這可能嗎？太不科學了！完全違反了物理學定律。除非，秦思夢被人動了手腳，被催眠了，看到的全是幻覺。可這種解釋，就連我自己都不信。因為女孩的描述實在太真實，而且對李欣的描述，也有板有眼，找不出漏洞。

格老子，今後要對付的，到底是多麼可怕的人物？我和秦思夢真的能在他一次次的陰謀詭計，以及那麼多層出不窮的詭異手段中逃出生天嗎？

用膝蓋想，都覺得生存的希望，實在太過渺茫！

「老古，你覺得……」秦思夢見我一直沉默，只說了這幾個字後，便停了下來。

我看了她一眼，「妳是想問，李欣提到的詛咒，是真還是假？」

「你還真是我肚子裡的蛔蟲呢。」她撇撇嘴，認真的點頭。

「應該是真的，雖然李欣這混蛋性格扭曲，但這件事上她沒必要騙妳。」我頓了頓，「不過她如此乾脆的說出來，骨子裡肯定有些謀劃。說不定，她也在拚命的想辦法逃脫背後那個人的掌握。」

「我也這麼覺得！」秦思夢嘆了口氣：「那你覺得，所謂的詛咒，到底是什麼？」

我搖頭，「這就不清楚了。但是有一點，如果詛咒不消除，周偉七人，沒有一個能逃離死亡陰影。李昌在電梯裡詭異死亡，就是例子！」

秦思夢還想說什麼，突然一陣由遠至近的腳步聲若有若無的傳了過來。我警戒的望過去，兩人頓時不再說話。

聽了幾秒，女孩驚喜道：「老五叔叔回來了。他沒發生意外！」

老五？那個據說在古墓中居住了很久的中年男人？我一聲不吭的聽著腳步聲越來越近，最終，老五停在了土壁的凹陷外，似乎不願再往前走，哪怕一步。

一股惡寒不知為何猛然席捲了我。自己正驚訝的時候，秦思夢見老五始終沒進來，終於忍不住開口喊道：「老五叔……」

我大吃一驚，連忙用力捂住了她的嘴。

可是已經晚了。聲音脆生生軟綿綿的傳播了出去，一股絕對非人類的吼叫聲，猛然間嘶吼起來！

打破了，寂靜！

第三章◆古墓絕境

在土壁外的東西吼叫起來之前，我就已經感覺到不對勁。因為哪有人走路的時候，是一頓一頓的。彷彿不是一步一步的走，而是在不停往前跳！

跳聲很怪異，普通人類根本就跳不出如此緩慢而且呆頓的節奏。我是個理性主義者，甚至是個唯物論者。但是這跳聲的離奇程度，已經脫離了自己的想像力。

所以當土壁外的怪物大吼時，我已經拉著秦思夢拚命朝另一個方向竄了出去。校花大人也感覺到那腳步聲不尋常，立刻緊閉著嘴巴，和我一起拚命逃。

黑暗中無法視物，只能找準一個地方不斷的逃。背後的跳動聲始終跟在我倆背後，一跳一跳的，發出單調刺耳的跳躍破空聲。幸好速度不快。

我沒有勇氣打開手電筒看跟在背後的怪東西到底是什麼玩意兒。

跑了許久，還是沒能甩掉那東西。秦思夢早已經氣喘吁吁了，她上氣不接下氣的問：「這裡是古墓。老古，背後的會不會是殭屍？」

「妳恐怖片看多了，世界上哪有殭屍！」我駁斥道。

女孩哼了一聲，「你才恐怖片看多了，你全家恐怖片都看多了。趙雪屍變，死了都能跳起來咬死一個人，然後逃走。殭屍什麼的，怎麼不可能存在。」

「別把事情想那麼簡單，總能找到科學解釋的。」我沒辦法反駁她，只能弱弱的說。說實話，有時候我都會覺得自己挺矛盾的。

古墓冰冷的氣息不停的撲到臉上，又逃了一陣子，我倆實在是跑不動了。

「拚了吧，總之也是一個死字。」秦思夢喘著粗氣。

我瞪了她一眼：「逃命就好好逃命，幹嘛那麼多廢話。我們手無寸鐵，拿什麼拚？」

「你，你混蛋！」她被我氣得夠嗆。

我語氣一頓：「總有辦法的。背後那怪物跳得慢，肯定有辦法甩掉。妳在古墓裡待了四天，就沒有遇到過類似的鬼東西？」

「沒有，還真是第一次遇到。」秦思夢賭氣的甩開我的手。

我倆由於耗盡了力氣，速度越來越慢。而身後的鬼東西，反而以單調的速度，逼近過來。眼看就要跳到離我們近在咫尺的位置了。

「該死。老子就算是要死，也要先看清你龜兒子是啥玩意！」我實在忍不住了，陰冷的氣息瀰漫了整個身體，讓我和秦思夢無法呼吸。

沒有任何光線的世界，是人類最恐懼的地方，沒有之一。哪怕是頭腦再冷靜的人，也會被逼瘋。我猛地轉過身，打開手機的手電筒功能。

一道光線立刻戳破了如死的漆黑，明晃晃的照射在了我和秦思夢的後邊。空間被光明攪亂，我也趁著這當口，睜大眼睛望了過去。

離自己大約五六公尺的位置，果然站著一個黑漆漆的怪物。很長，大約兩公尺多，窄窄細細，很是怪異。沒有人類的形狀，甚至令我說不出究竟是什麼東西。

似乎，也不是生物。

足足四天沒有見過光的秦思夢的瞳孔因為突如其來的亮度而收縮了一陣子，好不容易才稍微恢復了視力。等她藉著光線看清楚不遠處那追趕著我們的鬼東西到底是什麼的時候，她，整個人因為反差太大，險些石化掉。

我也極為震驚，腦袋實在反應不過來。

那東西，顯然不受光的影響，又往我們的方向跳動了兩下。我眼巴巴的看著它靠近，也沒躲開，甚至動都沒有動一下。

本來腦袋裡有無數個猜測，可真用眼睛看到的時候，自己反而不知所措了。因為這鬼東西，真的不是生物。

而是一大截灰濛濛的，木頭！

說是木頭，但這塊木頭卻顯得極為奇怪。黑黝黝的身軀，呈現圓潤的不等邊長方形，活像一口棺材。木頭表面原本塗著一層漆，可是那層黑漆早就斑駁得不成樣子。透過漆面，甚至能夠看到內部腐朽的木質。

這木頭，似乎是藉著聲音來尋找運動軌跡的。我們越是逃，它越是追趕。反而等我和秦思夢停下來時，它竟然也逐漸停在我們的背後。它腐朽的軀殼外有許多小孔，透過手電筒的光線，我能藉著小孔看到裡邊的結構。

一看我就愣住了。這怪東西絕對不簡單，雖然自己搞不清楚它能夠行動的原理。但是光看表面的腐朽程度，還是稍微能判斷出它少說也有千年的歷史。

千年滄海桑田，就算是石頭也被風化了。但是這人造物卻依然能保持著機能，簡直讓人難以置信！

我皺著眉頭，不停地打量。這棺材般的怪玩意腹部內，全是密密麻麻的齒輪結構。而剛剛發出的恐怖嘶吼，便是齒輪碰撞時，偶然發出來的聲音。

「什麼怪玩意啊！」秦思夢眨巴著眼睛，既然不是殭屍，女孩也沒那麼怕了。她好奇地往前走了兩步，聽到腳步聲的木頭立刻跟了過來，險些撞到了她的腦袋。

「應該是某種機關獸。」我揉了揉太陽穴，頭腦益發混亂起來。什麼亂七八糟的東西，這個墓地不只有歷代武官的棺材擺成的北斗七星，而且還出現了只見於古代野史裡的神秘機關獸。怪了，這位於茅坪村飛地[1]下的該死墓地，到底是用來幹嘛的？

隱隱中，我老是覺得有些不太對勁兒。

自己圍著這個所謂的機關獸繞了好幾圈，突然在機關獸的下側腹看到了一個蚯蚓似的符號。猛地渾身一震，驚訝道：「靠，這木頭，該不會就是傳聞中的木牛流馬吧？」

這個符號，分明是古體小篆的「牛」字。

「木牛流馬？」秦思夢愣了愣，同樣也吃驚起來：「那不是三國時代，諸葛亮製造出來的東西嗎？這裡，難道是諸葛亮的墓？」

我皺著眉頭，不聲不響了許久，才搖頭：「不。諸葛亮的墓不可能在茅坪村外的飛地裡。因為和史料不符！」

關於諸葛亮的墓，其實有許多神秘的傳聞。至今，墓的真實位置究竟在哪兒，也沒個說法。四川以及周邊幾個省，足足有七十多個諸葛亮墓。根據考古分析，沒有一個是他老人家真正的埋葬之所。大多是歷朝歷代的崇拜者製造的衣冠塚。

而就算是衣冠塚，其實七十多個墓地裡，甚至沒有一個，有過諸葛亮穿過的衣服用過的生活用品。

對諸葛亮的墓，自己也曾很感興趣，甚至對照過野史和正史研究了一陣子。

我一邊打量眼前疑似木牛流馬的物體，越看越覺得可能性極大：「聽過繩槓斷爛的典故嗎？」

秦思夢搖了搖腦袋，「我歷史不好。」

「曾經有過這麼一段傳說，諸葛亮自五丈原一病不起後，自知壽數已盡，便對後事做了精心安排。他料定，蜀漢不久將被魏所亡，自己與司馬懿交兵多年結有深仇，如果自己的墓地被敵人知曉，屍首肯定不會得到安寧。

於是，他密奏後主劉禪，臣死後，當以不厚葬；不擇地安葬為宜，只須將臣屍裝入棺木，用新繩新槓抬著，一直往南走，等到繩槓斷爛之時，就是他的葬身之地。

之後卻又放出風聲，說他死後一定葬在定軍山。」

---

1 行政上隸屬於甲地，而所在地卻在乙地者稱為「飛地」。

我舔了舔嘴唇，繼續說道：「而諸葛亮真的死後，部屬按其遺囑，在定軍山大張旗鼓地操辦後事，以掩人耳目。所以定軍山才有一處他的衣冠塚。

後主劉禪按諸葛亮的生前安排，悄悄命四名關西壯漢抬著棺木往南走。四人走了一天一夜，棺木越來越重，抬得個個腰痠背痛，但絲毫不見繩槓有斷爛的跡象。

於是這四人商議，如果這樣抬下去，豈不是要到猴年馬月才能交差？便決定擇一荒山野嶺無人之處，悄悄將棺木埋了。回到成都呈報劉禪，說是繩槓已爛斷，就將丞相屍體就地掩埋。劉禪開始信以為真，後來一想不對，怎麼新繩新槓僅一兩天便斷了呢？其中一定有詐！

劉禪對四人嚴刑拷問，四人只得將實情招了。劉禪大怒之下，以欺君之罪將四人問斬。人被殺後，諸葛亮葬於何處就真的永遠無人知曉了。可是野史記載，圍繞著諸葛亮的墓地，其實有一個天大的秘密。」

秦思夢妙目一抬，看向我：「大秘密，什麼大秘密？」

「自古王侯將相，死後陵墓無一倖免被盜掘的淒慘下場。但總有個例外，那就是諸葛亮位於成都的衣冠塚。那個衣冠塚經歷了一千七八百年，至今從沒有一個盜墓賊敢去盜諸葛亮的墓。歷代以來，無論官家還是著名盜墓賊，對諸葛亮的墓地，都是愛護有加。妳認為是為什麼？」我反問。

秦思夢摸了摸秀髮，「我聽我老爹說，諸葛亮生前，似乎說塵歸塵土歸土，他的墓地裡不需要陪葬品。既然沒陪葬品，盜墓賊偷他的墓幹嘛？」

「錯了。」我搖了搖頭：「還是那個理由，諸葛亮真正的墓地，沒人知道。據說他的墓地裡，埋藏著木牛流馬的原型。最重要的，也是歷代朝廷都想得到的，驅動木牛流馬的技術。據說那個技術記載在與諸葛亮一同埋葬的一本兵書裡，世有傳言，得兵書者得天下。」

秦思夢反駁道：「切，他自己都死在了征戰的路上，還得兵書者得天下咧。真是有夠會吹牛的！」

「別管人家說得多天花亂墜了，就我讀過的史料而言，似乎歷代的皇帝都相信。所以每個朝代的皇帝，都會派人專門來為諸葛亮在成都的衣冠塚守陵。為的就是挖掘線索，得到那本兵書。以前我還認為那僅僅只是故事，現在看了眼前這個木牛流馬，我倒是相信了。」我緩慢的說道。

廢話，哪怕是利用核燃料驅動的現代人造機械，恐怕也難以令其保持一千七百多年都能繼續活動。但是三國時期的諸葛亮，居然做到了。可這樣一來，就更令自己疑竇叢生了。

明明擺成北斗七星的七口棺材，最有歷史的也不過是唐朝而已。怎麼會扯到三國時期的諸葛亮身上去？茅坪村外的這塊死亡飛地，那個養屍人用來養屍的所在，到底隱藏著什麼樣的秘密？

我和秦思夢已經被連續折騰了兩次。幾天前被周偉七人陷害，扔到了春城郊外一座神秘的石洞裡當作祭品，現在好了，直接被送入這詭異的墓穴中。我倆，對他真的有那麼重要？

隨著觀察的深入，我突然咦了一聲，大驚失色道：「不對，這似乎不是木牛流馬！」

秦思夢也愣了，「你剛才不是才說是的嗎？一驚一乍的，嚇我一跳！」

「不對！不對！這疑似木牛流馬的東西，有問題！」我的視線從那個靜止不動的木頭機關獸上移開，聲音低啞的說：「這整個地方，都有問題！」

「得了吧，你這個聰明人還是先研究研究怎麼找到老五吧。老五叔叔失蹤前，曾經說對墓穴的出口已經有些眉目了。找到他，說不定我們真的能逃出去。」秦思夢明顯對眼前的機關獸不感興趣。

但是我的興趣卻極大，甚至超越了想要離開的念想。總覺得，這個墓穴似乎隱藏著極大的秘密。而解開秘密的鑰匙，就藏在爛木頭一樣的機關獸身上。我敲了敲這個疑似木牛流馬的東西，它的身上發出了空洞的回聲。

秦思夢見我沒有離開的打算，更加鬱悶了，「這塊棺材一般可怕的爛木頭有什麼好看的？喂，你到底跟不跟我去找老五叔叔啊？」

「等一下，再等一下就好。」我大著膽子，將手伸入機關獸體內摸了一把。還真摸到了些東西。一個方方正正的物體似乎並不屬於木牛流馬的一部分，結果被我掏了出來。

正準備將手縮回來，突然，一股陰冷感猛地刺入胳膊。我連忙向後一跳。只見從自己探手伸入的那塊破口處，一隻鋒利的爪子朝外邊抓了過來。手電筒的光線剛好照在那寒光四溢的乾枯手爪上，長長的指甲反射著鋒利的光澤。

只要慢上哪怕一秒鐘，自己的手恐怕就保不住了！

「什麼東西？」秦思夢大吃一驚。還沒等我反應過來，木牛機關獸體內的齒輪已經瘋狂轉動起來，發出驚人的嘶吼聲，一口咬住女孩，拚命朝遠處跳去。

秦思夢慘叫著遠去。

「該死！這隻木牛怎麼突然動了！」我罵道，急忙追上去。就連手上被自己抓出來的方正物體也來不及看上一眼。

木牛跳得很快，哪怕失去了四隻腿，我也很難追上。手電筒的光束一直籠罩著前邊跳蚤似的爛木頭，我驚訝的看見好幾隻乾枯風化的手，從木牛身上的窟窿裡往外探。有一隻只剩下乾癟癟皮膚的手碰到了秦思夢飛揚的長髮，立刻緊緊的拽著，想要將秦思夢的腦袋拉過去。女孩吃痛不已，又怕又疼的，慘叫得更加厲害了。

這令我更加相信，眼前的木牛，絕對不可能是諸葛亮製造的木牛流馬。雖然四川也曾經有傳言，當年諸葛亮製造木牛流馬，在成都遍召養屍人。木牛流馬之所以能夠在山巒如炬的蜀都與秦嶺之間翻山越嶺，運輸足夠五萬人吃喝的糧食。就是因為每個木牛流馬棺材般的腹部，塞入的是一隻養屍人養出的殭屍。

但傳言，終究只是傳言。

眼前從木牛體內湧出的爪子，根本就不是人類的手。哪怕人類的手變異得再厲害，也不可能變成那副可怕模樣。或許，是別的什麼小型靈長類動物！

眼前無邊的黑暗，被手電筒的光線切奶油似的不停割開。沒有盡頭的空曠墓穴在我氣喘吁吁的奔跑中，似乎有了些變化。原本以為這個墓地就是個人造物，但是跑著跑著，才發現，它根本是天然的洞穴。

只是有很大一部分，被人為挖空拓寬了。這個發現令我非常驚訝。組成北斗七星的棺材中，歷史最久遠的是唐朝。而木牛上刻的小篆，可推至秦朝。也就是說，這個墓穴建造於大約兩千年前，到底是誰有如此大的魄力，又是基於何種原因，動用了如此多的人力物力製造出的陵墓？

最可怕的是，墓地的用處，真的是安葬某個重要人物嗎？我摳破腦袋也想不出四川歷史上，近兩千年來，有誰值得如此隆重對待。更何況這個墓地並沒有被堵死，否則那些唐代乃至清朝的武官棺材，又是從哪裡運進來的呢？

該死，我越是想，越覺得智商不夠用。

又跑了一陣子，古墓變化得更大了。許多沒有用完的材料隨意的扔在地上，洞頂逐漸出現了鐘乳岩，地面的積水也多了起來。就在這時，跑到快要沒力氣的我驚訝的發現，木牛似乎速度變慢了。

它跳動了幾下後，遇到水，開始解體。最終如死了般，一動不動的落在不遠處。

我喘著粗氣跑過去，來到已經叫到嗓子發啞的秦思夢身旁。用力將她向後拽！女孩掙扎著，可是頭髮仍舊被那隻細長的爪子抓住不放。我從身上掏出瑞士軍刀，用小鋸子不停的鋸那根爪子。

這靈長類動物的骨頭很硬，明明血管都乾枯了，偏偏還能動。瑞士軍刀的硬度算是不錯了，結果鋸沒幾下，反而開始發出金屬切割的難聽聲響。自己根本就鋸不動！

我皺了皺眉頭，搖頭道：「秦美女，對不起，只好犧牲妳的頭髮了！」

說著就用小剪刀將她的頭髮剪斷。秦思夢根本來不及反對，等到被抓住的頭髮都剪掉後，她跳起來，沒有感謝我的意思，反而一臉要跟我拚命的模樣，「古塵，你找死！本小姐恨你，這輩子都要恨死你！」

「要頭髮，還是要命？」我簡短的問。被剪掉的頭髮很快就隨著那些手爪縮回了木牛體內。木牛中「吱吱嘎嘎」，一陣令人頭皮發麻的咀嚼聲過後，就徹底恢復了如死的寂靜。

「要頭髮，當然是要頭髮。你不知道長髮是淑女的命？本小姐可是留了好多年都捨不得剪。你賠我！不管，你必須賠我！」秦思夢眼睛渾圓，氣到不行。

對於女人，我始終是無法理解的。廢話，一種每個月流血七天，居然還能活蹦亂跳精神百倍的生物；一種發動直覺的時候想像力僅次於梵谷的生物；一種抓姦的時候智商僅次於愛因斯坦的生物；一種失戀的時候文筆僅次於莎士比亞的生物；一種發火的時候戰鬥力僅次於超人力霸王的生物！

這種生物，怎麼想都讓我覺得很難溝通。既然沒法溝通，那就乾脆無視好了。我確實無視了她跳腳的痛罵，眼睛一眨不眨的打量著不遠處的木牛。

木牛解體了一部分，露出了腹部。更多的小篆從腹部露了出來。讀懂了小篆上刻下的訊息，在驚訝的同時，我反而肯定了自己剛才的猜測。

果然，這個墓穴是真的有問題。而眼前所謂的木牛，也真的不是諸葛亮時期的木牛流馬。

因為無論從史料描述，還是結構，都相差太遠了！

史料記載的木牛流馬，其實是一種單輪木板車，藉著它身上安裝的擺動貨箱，可以在山路上運送貨物。

據說諸葛亮製造的木牛背上有兩根離地三尺、長四尺、高六寸的水平木條。木條左端削成車把形，右端有品字形的三個孔。

這樣的兩條木條被設計成人力車的左右兩轅。兩個品字形的頂孔間插有一條三尺長的軸，在品字形下面的兩個孔中各用小軸鉸裝著一條可以沿該小軸擺動的、另一端頂地的木柱，這個有四條腿的人力車就是木牛。

而流馬是一個向上開口，左右側壁上緣的垂直中心線上各有一個孔的木箱。木牛的那根三尺長的軸就穿過流馬的這兩個孔，流馬可以在該軸上前後晃動。為了不使箱中粟、米之類的貨物左右移動，有一塊縱向隔板把箱一隔為二，而且糧食是先裝入布袋再裝入箱中的。

當木牛叉開前後腿時隨時可以停在坡地上。叉開度由在該四尺長的車轅上的限位釘限制。

把車轅的把手一面拉前一面下壓，品字頂孔就移向品字左孔之上，即重心移到前腿上，此時品字右孔被撬高，即後腿不受力並被凌空提起，在重力作用下，流馬上的銷釘向前腿靠攏。

當重心移出品字左孔時，木牛已向前移動了半步，再向前就要顛覆了，此時可把手把迅速向上拉起並向前拉，使品字頂孔向後移至品字右孔之上使重心落在後腿上，前拉的結果是使後腿叉開，同時前腿被流馬上的銷釘推向前。木牛就這樣走完餘下的半步。

流馬在木牛的上下動作下會像鞦韆那樣產生前後擺動，何時把手把拉上、壓下和拉前當然要和流馬的擺動頻率配合，所以操作者需要有一定的技巧和經驗。只要使流馬保持穩定的搖擺，對操作者來說最省力。當木牛流馬在直線上下坡時，可以完全自動化。此時可以利用裝在流馬上的銷釘抬起和壓下水平木條和前、後腿。

關於書上說木牛流馬為什麼一定要像牛或者馬，其實只不過是諸葛亮為了保持神秘感，用來振奮軍隊的士氣罷了。

所以，木牛流馬是連接在一起的，而且是有四隻腿的人力車。但是眼前的機關獸，並沒有腿，只能跳動。剛開始我還以為它的腿斷了，可直到自己看到了它的腹部後，才發現，這只機關獸確確實實沒有腿，甚至沒有曾經安裝過腿的接口痕跡。

這是其一。

還有，便是那些小篆上記載的東西。如果是真的，那實在太驚人了。因為這個機關獸的製造者，竟然是，魏源景！

第四章◆機關獸

魏源景，極少有人知道他的名字。他的誕辰也早已不可考，但應該是公元前兩百年前後。是個很著名的四川工匠。關於他的傳說，正史中沒有任何記載，只能見諸於四川的野史裡，屬於謎一樣的人物。

一直以來，歷史學家對他很感興趣，可是找不到任何證據證明，真的有這麼一個人存在過。但是四川許多民間故事中，都留有他存在過的隻字片語。據說，他透過玄術秘法，改造魯班的機關獸，製造出真正不知疲倦的機關獸。這些機關獸如同殭屍般會隨著人的指揮而跳動。

一獸抵得過百人，永不停歇。

諸葛亮的木牛流馬，只是參考魏源景著作裡的隻言片語，改造出來的而已。而諸葛亮真正墓穴中藏著的大秘密，歷代皇帝想要得到的兵書，據說就和這個魏源景有關。

真正的事實，早已經淹沒在了歷史的長河中，無法考證。但是眼前，我竟然找到了明確的證明，說明真的有魏源景這個人。而且，是他製造了這些機關獸。這怎麼不令自己興奮不已？

甚至我還從小篆中的寥寥幾個字裡，找到了這些機關獸的用途。

公元前兩百年左右，魏源景接到密令，令其秘密製造了這批機關獸，用來攀爬蜀地艱險的高山，運送大量石材石料，修建這一座……

看到這裡，我渾身一震，就連臉色都變了許多。一滴冷汗從額頭上筆直的滑落下去。

本來還在惋惜自己頭髮的秦思夢，注意到我陰晴不定的表情。不由好奇的開口問：「你怎麼了？一臉像快要死掉的模樣？」

「妳在這裡待了四天多，有什麼感覺？」我用力吞下一口唾液，吃力的反問。

女孩眨巴著眼：「這裡很可怕，而且龐大得很。據說老五叔叔探索了很久，都沒有搞清楚古墓究竟有多寬廣。最奇怪的是，墓裡似乎也沒什麼陪葬品。只有些離奇古怪的殘破物件。還有些致命的神秘東西！」

「廢話，這裡當然不可能有陪葬品。」我的聲音因為緊張而沙啞：「因為這裡，僅僅只是一座陪葬墓！」

「什麼！」秦思夢驚訝到整個人都跟著我一起石化了，「陪、陪葬墓？」

我也覺得很不可思議。陪葬墓！你妹的，位於茅坪村飛地下的龐大墓地群，居然僅僅只是一個陪葬墓。這簡直是難以置信。哪怕我一次又一次通篇確定小篆上刻的文字，都有若夢裡般，暈乎乎的。

剛剛還在感慨，四川有哪個人的身分竟然能得到如此殊榮，舉大量人力物力來修建這個陵墓。沒想到那個神秘人物的來頭，比自己想像的還要大得多。這裡，不過僅僅是一個陪葬墓而已。

陪葬墓！

該死，自己已經無力吐槽了！

看著地上一動也不動的機關獸，猶豫了半天，最終好奇心戰勝了理智。我決定想辦法把眼前的機關獸弄開，看看裡邊會不會有更多詳盡的記載。甚至，搞清楚內部那些靈長類手爪到底是怎麼回事！

畢竟機關獸的記載多是模糊不清，而且資訊極少。陪葬墓的主人是誰？陵墓的修建者又是誰？一切的一切，都沒有任何描述。這讓我的心如同有千百隻螞蟻撓癢癢似的，癢得厲害。

最重要的是，這個陪葬陵墓，明顯有人歷代守陵。那些守陵人到底是誰？會不會和陷害我、周偉以及秦思夢背後的黑手，那養屍人有關？又或者，那個養屍人，根本就是守陵人一系。只是為了某種原因，需要我和秦思夢作為祭品？

我皺著眉頭，終究想不出個所以然來。蹲下身，小心翼翼的用瑞士刀試圖切開機關獸。沒想到爛木頭居然比想像中硬，不知道表面上那層斑駁的黑漆究竟是什麼神秘物質，竟將四川山頭上普通的木頭保護得極好，甚至令其材質都產生了微妙的變化。

弄了半天，我只刮下一層黑漆，手就痛到不行。沒辦法，只能掏出一個密封袋，將那些黑漆裝起來，準備逃出生天後送去化驗。

正當自己驚訝那些曾經抓住秦思夢頭髮的手爪為什麼沒有出現時，突然，身旁的女孩渾身一抖，「小古，你聽，似乎又有怪聲音冒出來了！會不會是這混帳機關獸的同伴？」

「是腳步聲。」我朝身後望去，臉色有些陰沉不定，怪了。明明是人的腳步聲，可那人卻故意壓低了聲音。

腳步聲由遠而近，輕飄飄的傳遞過來。令我大為緊張，那人明顯是衝著我們來的。而且還試圖隱藏自己，鬼知道究竟有什麼不良打算。

在這詭異地方一絲一毫都大意不得。我猶豫了兩秒鐘後，死死拽著手裡的瑞士刀，拉著秦思夢躲到了一塊鐘乳石後邊。

沒多久，真的有一個男人走了過來。

古墓中暗無天日，如果不是手機螢幕上會顯示時間，自己早已經忘了現在是白天，還是晚上。那個男人走得很慢，我早關了手電筒，所以僅僅只能依靠耳朵來判斷他的位置。

男人踩進水裡，停頓下來，沒有絲毫再往前走的意思。正當我疑惑他究竟想幹什麼時，突然，一股毛骨悚然的感覺湧了上來。自己連忙往鐘乳石後一偏，一道凌厲的風頓時從臉側飛了過去。只差一點點就會擊中我的腦袋。

好險！我一頭冷汗。剛才飛過去的東西速度極快，如果擊中我，準會打暈我。在這詭異的墓地裡失去意識，用膝蓋想都知道絕對不會有好下場。

沒等我暗自慶幸，接下來的幾秒，又有幾道凌厲的風發出淒慘的破空聲，從黑暗中飛襲過來。每一道風都打在離我不遠的位置，甚至有一擊擊中自己前額的鐘乳石上，把鐘乳石都打了幾塊碎屑下來。

襲擊我的風聲彈了幾下，掉落在腳邊。我隨手一摸，居然是一顆拇指粗細的小石子。那混蛋用的應該是一把彈弓。男子聽力驚人，竟然能在目不可視的地方判斷出我的位置來。

怪了，他是怎麼知道我躲藏的地方的？

男子攻擊了一陣後，見我不聲不響，似乎厭倦了，乾脆大聲道：「兄弟夥，我沒有惡意。就是看兄弟你手裡頭有手電筒，想要借用一下。哥子兩個都是可憐人，我也不問兄弟你是怎麼進這鬼地方的。只要把手電筒借給兄弟，我帶你出去。」

我沒吭聲。聽到他的話，身旁的秦思夢渾身顫了一下，似乎有些詫異。

「兄弟，莫要給臉不要臉。剛才幾下只是我不想傷害你。不然，就算兄弟你躲在石頭後面，我照樣打得你灰頭土臉。」那男子加重了語氣。

我在心中冷哼一聲。鬼的不想傷害，剛剛那混蛋明顯是朝著我的要害招呼的，這種睜眼說瞎話的人，心機重得很。

又等了一會兒，見我仍舊不開口，他似乎急了，「既然兄弟不出來，哥子我就自己過去了。」

說完，就朝著我的方向一步一步，徑直往前走。

「不怕死就過來。」我終於說話了，壓低聲音，儘量表現得很冷靜。雖然你妹的，自己真的沒法冷靜啊！進入古墓裡的哪個人會沒有自己的故事，看他剛剛毒辣決斷的表現，就知道他也是個狠角色。

我更用力的握緊瑞士刀。

「小古，把手機的手電筒打開吧。是熟人！」秦思夢揉了揉腦袋，放大了音量，「老五叔叔，是你嗎？」

一直往前走的男子停頓了腳步，驚喜道：「秦女娃？」

「是我。」秦思夢樂呵呵的，從鐘乳石後走了出來。我想一把抓住她，卻沒抓到。女孩一邊走，一邊說：「老五叔叔，你不是說去檢查陷阱嗎，怎麼失蹤了那麼久？」

「呵呵，遇到了些小麻煩。」老五笑嘻嘻的，語氣也軟了下來：「妳旁邊那位小兄弟是誰？」

「我大學同學啦。」秦思夢走到老五附近，轉頭又衝我喊了一聲：「小古，叫你把燈打開。黑得很，怪難受的。老五叔叔是好人，他真的有帶我們出去的辦法。」

我嘆了口氣，無奈的打開手機的手電筒功能，一束光芒立刻射出來，刺破了黑暗。那束光，剛好照在老五的眼睛上。

不知道有多久沒有見過光的老五，瞳孔一遇到強烈的光芒，頓時瞇成了貓眼，什麼也看不到。說時遲那時快，只見剛剛還柔柔弱弱、笑靨如花的秦思夢臉色一變，整個人如貓一般衝過短短幾步距離，腳一伸，標準的女子防身術攻擊姿勢。踢陰式。

眼看腳尖就要踢到老五的卵蛋了，沒想到老五早有所警覺。哪怕是眼睛什麼都看不到，而雙手也死死的捂在眼睛前，依然險之又險的躲開了。

「該死的女娃，老子救了妳，妳居然恩將仇報。」老五尖叫道。

秦思夢冷哼一聲，也不解釋，繼續女子防身術第二式。右腿一個交叉，準確無誤的繼續瞄準老五的卵蛋再次踢過去。

不遠處身為男性的我看得頭皮發麻，雖然當秦思夢主動朝老五走過去的時候，我就感覺她有些不太對勁兒。所以燈光故意朝老五的眼睛上招呼。沒想到她真的攻擊老五了，而且招式要多陰毒有多陰毒，像是老五殺了她全家似的。

女人這種生物啊，果然是能不得罪，就千萬不要得罪。

秦思夢連踢了好幾下，都沒有踢中。老五的眼睛就快要從痛苦中解脫出來了，我也連忙撲上去。自己多少學過一些搏擊手段，再加上體能比普通書呆子好很多，所以這個中年男人很快就在我和秦思夢的夾擊中落了下風。

老五不停的躲，我揮舞著瑞士刀不停在一旁騷擾，秦思夢不斷地用腳瞄準老五的卵蛋踢。混亂的場面，擾亂黑暗的燈光，在這塊詭異的墓地裡莫名其妙的上演。

終於，苦苦堅持了幾分鐘，完全逮不到機會扯動彈弓攻擊我倆的老五，一個不小心。終究還是讓秦思夢用折斷了後跟的尖銳高跟鞋尖端，踢在了卵蛋上。

一陣雞蛋破裂的響聲，讓身為男人的我光是用聽的都覺得下半身痛得很。老五睜大眼睛，全身都弓了起來，他抱著卵蛋大喊大叫，痛到整個人都倒在地上滾來滾去，淒慘的險些暈厥過去。

我撓了撓頭，乾巴巴的看了一臉得意的秦思夢一眼。女孩瞪著我，「幹什麼，還不快把他綁起來？」

「是！是！是！秦小姐請歇息，我馬上綁住他。」識時務者為俊傑。我被她一盯，下半身頓時不好起來。連忙將登山鞋的鞋帶取下來，將老五的手腳綁個嚴實。

老五痛了很久，稍微舒暢點後立刻破口大罵，什麼難聽罵什麼。結果秦思夢冷不防的一腳踢過去，又巧妙無比的踢中了他的卵蛋。傷上加傷的老五頓時安靜了，學乖了。痛苦再次過去後，一臉受虐小女人般的驚恐眼神，可憐兮兮的瞅著秦思夢瞧。

就差沒高呼女王大人萬歲了！

看著這位四十多歲、鬍子拉碴的中年男人做出如此噁心的表情，我滿頭的黑線。

老五在地上扭動了一陣子，才小心翼翼的問：「秦女娃娃，妳為啥子這麼對我？我老五自認對妳不薄。」

秦思夢推了我一把，懶得解釋，「小古，你是聰明人。炫耀一下你的智商，讓這老混蛋老實點。」

我揉了揉太陽穴，雖然心裡有些猜測，但對秦思夢攻擊老五的事情，還是有些模糊，不太搞得清楚。只得說：「老五叔，恐怕你也不是什麼好鳥吧。老實說吧，你跟蹤我和秦思夢很久了，你明明知道秦思夢和我在一起，偏偏一直都躲在旁邊偷瞅，一聲不吭。很有意思嗎？我想，你，絕對不是想要借個手電筒那麼簡單。」

「天地良心啊，小兄弟。我只是看秦女娃娃身邊多了個人，有些防備罷了。你曉得，這鬼地方詭異得很，一不小心就沒命了。」老五大喊冤枉。

我冷哼一聲：「怪了。我看要不是秦小姐搶了個先手，你可能就要朝她的腦袋招呼上去了。」

「你哪隻眼睛看到我會動手的？」老五反駁道：「我家教嚴，祖上一直都教導我們，不准打女人。」

「對啊，你確實不打女人。哼，剛才我如果沒陰你一下，你不殺了秦思夢才怪。

還祖訓呢，戲演得真好。」我撇撇嘴，也懶得和這個滿嘴謊言的傢伙說太多，乾脆在他屁股後邊翻了一下。

沒幾下就摸出了一把用不知什麼生物的骨頭磨成的尖刀來。尖刀就藏在他屁股口袋裡，半露著。如果秦思夢不夠機警的話，現在已經被劫持為人質了。這個老五，到底有什麼秘密？為什麼要打我和秦思夢的主意？

而秦思夢的成長，也令我吃驚不已。從前柔柔弱弱的大小姐也知道陰人了，不容易啊。

秦思夢顯然從我的臉上看出詫異，得意道：「本小姐都被人陰了兩次，還不學聰明點，真以為大家族走出來的女孩子全是吃素的？」

女孩的眼神落在老五身上，淡淡道：「老五叔，我尊敬你。四天前如果不是你救了我，我可能早就讓這個古墓裡的怪東西弄得屍骨無存了。」

「不過直到看到這個玩意兒，我才發現。本小姐被你騙得體無完膚。」秦思夢用力踢了踢不遠處那棺材似的機關獸：「你嘴裡所謂危險的東西，就是這個機關獸，對吧？」

老五悶不作聲，算是默認了。

「你早就知道這東西是機關獸，對吧？它，真的有危險嗎？」秦思夢一臉氣惱不已的模樣，看得我頭暈目眩。女人，果然全都是天生的表演家。女孩絕口不提機關獸到底有沒有危險，而是用了反問句。這種提問方式很有意思。

無論老五怎麼回答，都逃不過她的語言陷阱。秦思夢這位秦家大小姐，校花大人，一直以來我都小看她了。

「有，有危險。當然有危險了！」老五啞巴了半晌，終於說話了：「秦女娃娃，剛才妳不就被機關獸攻擊了嘛。一直以來，我都在保護妳。妳咋個能說我想攻擊妳呢？我看，妳旁邊那個男娃娃才不安好心呢。妳那麼漂亮，都不知道他是不是在打妳的主意呢。」

秦思夢聽到這番話，「噗嗤」一聲大笑起來，「小古這截木頭，真的對我有想法，那才是千古奇談呢。」

話是這麼說，但她的眼睛卻悄悄的跟我交會在一起。我倆迅速換了眼神後，同時讀到了對方眼中的吃驚。

老五這個人沒什麼文化，雖然心裡陰沉有些心機，但是語言遊戲不過關。他可能自己都沒察覺到，剛才的那番話中，透露了太多驚人的訊息來。

我皺著眉頭，一道靈光猛地閃過腦海。怪不得秦思夢要攻擊他。怪不得！看來身旁的校花大人，早就對老五起了疑心。

這老五不知道什麼時候就跟蹤起我們。他在一旁看著機關獸咬住秦思夢，卻沒有出現。其中的理由很值得深究！我甚至懷疑，他所謂的失蹤。根本就不是失蹤。

他其實一直將秦思夢當作誘餌，想要引機關獸出來。

「我是誘餌對吧，你一直想藉著我引誘出機關獸？」秦思夢用肯定的語氣，狠狠一腳踢在老五腿上。

老五吃痛，死都不承認：「咋個可能嘛！」

可他臉上迅速劃過的驚訝還是被我敏銳的捕捉到了。

「還不老實！」秦思夢再次冷哼一聲，視線朝老五的卵蛋移去。老五打了個冷顫，指天哭地的嚎叫著：「我真的沒有啊。天地良心，我老五如果說一句假話，就五雷轟頂，不得好死。」

我撇撇嘴，「古墓的土坯層不知道有多厚，哪裡來的五雷轟頂。發個誓都不誠實，秦美女，給我踢！」

老五嚇得臉色大變，終於哭喪著臉，投降了：「我說，我說實話。我確實知道機關獸存在，也在打它的主意。為的就是得到它身上的一件東西。那件東西對逃出去，至關重要！」

「什麼東西？」事關逃出去，我和秦思夢同聲問道。

「其中一樣就在我身上。」老五斜著嘴唇，努向身上的暗兜：「看了你就明白了。」

我猶豫了一陣子，不知道該掏還是不掏。誰知道這個老五是不是又設了圈套等我鑽進去。思索了片刻，見他似乎是認真的，而非作假，我才決定拚一拚。這個傢伙不知道在這個古墓裡待了多久，肯定多少知道些什麼秘密。

「小心一點！」秦思夢關切的叮囑了一句。

我點點頭，扯開老五的外衣，伸手摸了摸。居然真的摸到了些東西。那個玩意兒方方正正，材質很複雜。皮膚剛一接觸到，我的臉色頓時大變不已！

來不及反應，刺骨的惡寒感，已經充斥滿全身！

第五章 人皮書

如果說恐懼是一種人類原始的本能，會令人類的皮膚、指甲，甚至神經末梢都凍結的話。那麼現在的我，顯然是被恐懼感吞噬了。

我一動也沒法動，手指尖摸到了一個十分怪異的東西。那個東西的觸感非常難描述，很柔軟，也很粗糙。最可怕的是，自己哪怕是隔著指甲碰到了它，都讓我恐慌不已。那種恐慌來自於精神層面，哪怕是我，也無法壓抑住。秦思夢見我一動不動的站在原地，額頭上的冷汗不停地往外冒。甚至臉上的表情，都死死的凝固在剛才的模樣，許久都沒有變化。

頓時，她也看出了不對勁來。女孩衝老五尖叫一聲：「混帳，你對小古做了什麼？」

老五「桀桀」笑起來，被捆綁在背後的手一翻，居然掙脫了綁得牢牢的鞋帶。還沒等秦思夢反應過來，他已經用力推開我，朝女孩撲了上去。

秦思夢一咬牙，她知道逃走也沒用，女孩子的體力根本就比不上眼前凶巴巴的中年男人。於是她奮力迎上去，想要再次用女子防身術將老五踢暈。但是這一次，秦思夢的如意算盤落了空。

「秦女娃，既然老子以前看輕妳了，現在還不防妳一手？」老五早就護住了卵蛋，也不跟秦思夢拉扯，拉開距離想要用彈弓射她。

凌厲的破空聲響起，秦思夢還算機靈，險之又險的躲了過去。

一旁被推開的我幾乎要無法呼吸了。那股讓人麻痹的恐懼感，在一瞬間便破壞了我身體所有細胞的機能。老五身上的那個怪東西，實在是太可怕了。

我過了好一陣子，才逐漸恢復過來。

秦思夢和老五一個躲一個射，以機關獸為中心打得越來越熱鬧。但是秦思夢明顯落了下風，香汗淋漓，喘息粗重。看來也撐不了多久了。老五的彈弓彈力驚人，能剛能柔，極為陰險。

我完全恢復後，沒有爬起來，而是在身上摸索。來茅坪村的時候猴子曾經塞給我一把黑市買的手槍，那把槍很不穩定，本想能不用就不用。可是現在的狀況，已經由不得我不拿出來了。

偷偷從口袋裡掏出槍，我瞄準老五的腿，扣下了扳機。

你妹的，這把槍果然不可靠。如此近的距離都打不中。

槍口發出巨大的轟鳴爆炸聲，響徹整個古老墓穴。墓地裡不停地迴盪著巨響，蕩漾不止。這一槍雖然沒有打中老五，但是卻極有震懾作用。老五和秦思夢同時都嚇了一大跳。

等老五看到黑洞洞的槍口死死瞄準著自己時，他頓時像軟萎的茄子般，「兄弟，你娃有槍早點拿出來嘛。不厚道，弄得老子還以為有希望！」

「希望？有什麼希望？」我動了動槍口，示意他將手抱在腦袋上，趴下去。

老五完全不敢猶豫，立刻照做。這傢伙是個人精，看到有機會就鑽，現在沒機會了，自然是先保命要緊。

我又將他綁了起來，這次綁得很結實。秦思夢哪怕累得夠嗆，也走上前細心的檢查了許多遍。檢查完，冷哼一聲，一腳就朝老五踢過去。

又一次踢中卵蛋。這位班花大人，怎麼老是對別人的下半身感興趣。以後誰娶了她，絕對是隨時隨刻生活在險境中。

看老五弓著身體，已經痛到完全發不出聲音，可憐兮兮的臉色發青。我撓了撓頭，也沒有阻止。老五不老實得很，對不老實的人，或許秦思夢的辦法最直接。不過經歷過校花大人的奪命連環踢，他這輩子還能不能傳宗接代，我表示嚴重懷疑。

深吸一口氣，我將老五的衣服扯下一大塊，包裹住手。然後才將手再次探入老五的懷中。雖然只隔著一層不算厚的布，但那東西上冰冷刺骨的寒意立刻就如同隔著絕緣體般，再沒有傳遞過來。

我順利的將其取出，以手機當作光源，仔細的打量起這玩意兒來。

「這到底是什麼東西，像是某種生物的皮？」秦思夢也湊過腦袋，疑惑的問。

這確實是某種生物上割下來的皮，割得方方正正，上邊似乎還用已經變淡的墨水寫著些歪歪扭扭的文字。文字很亂，辨識起來十分吃力。方正的皮質很薄，很軟，聞不到任何味道。像是經過某種特殊的處理。

但最可怕的，還是入手後，那股彷彿病毒般能夠刺破人類皮膚甚至免疫系統的寒意以及令人石化的恐懼衝擊。

這到底是什麼皮？居然擁有如此怪異的特殊能量？我皺了皺眉，突然從口袋裡掏出一個小包裹來。

打開包裹，裡邊赫然露出一張同樣材質的方正皮質物。

東西才剛露出。假裝暈倒，其實將一切都看在眼裡的老五完全裝不下去了。用極為驚訝的聲音喊道：「怎麼可能，你手裡怎麼可能也有一份人皮書？」

「這叫人皮書？」我詫異的反問。

「怪不得！怪不得。我就說你哥子摸到我的人皮書咋個可能沒有死，結果是你以前就接觸過它了！」老五恍然大悟，悔恨不已。

秦思夢一臉噁心：「這是人皮做的？小古，另一張人皮書，你哪弄來的？」

「上次那個詭異的石窟中，我們不是找到一個骷髏頭嗎？骷髏頭中有一個用毛花稈包住的包裹。我來茅坪村前有些不放心，就把它弄開了。沒想到那包裹中什麼也沒有，就只是藏著這張怪皮。」我一臉驚魂未定，當初摸到那張所謂的人皮書時，還真是險些命垂一線。好不容易才總算撐過去。

老五一臉灰敗，「兄弟，你凶！人皮書上藏了那麼大的戾氣，你居然都能扛得住。老子算是真的服了！算了，老子栽得不冤！」

「你嘴裡的人皮書，到底是什麼？」我的眼睛一眨不眨的看著他，一直以來，我都有許多疑惑。被周偉七人當作祭品獻祭的那個詭異洞穴裡，曾在六十多年前，有美國某個組織派出武裝精銳的傭兵前去冒險，可惜最後傭兵全部死絕。

而這麼多年過去，進入其中探險的後繼者絕對不在少數。

如果說是單純的入洞探險，我根本不信。哪有洞穴探險者，會隨身攜帶大量的武器？洞穴裡丟棄的各類槍枝陳述著一個事實。那就是洞中絕對極度危險，甚至人類都無法對抗。可哪怕如此，仍舊有許多前仆後繼者，不惜送死。

那些人、甚至是陷害我們的養屍人和周偉背後的黑手，肯定都是想要得到洞中的某樣東西。

我猜測，那些人想要的，恐怕正是自己從骷髏頭中得到的所謂的「人皮書」。但最令自己想像不到的是，同樣的人皮書，中年男人老五手裡，竟然也有一張。

這太怪異了！人皮書中隱藏的秘密，或許便是解開一切的關鍵！

「人皮書。」老五掙扎了一下，想要坐起來，不過被捆住手腳的繩子阻擋了。他苦笑一陣，滿臉陰沉，「人皮書，是我家歷代以來傳承的鎮族之寶。據說，製作人皮書的皮，便是從菇神身上剝下來的！」

「菇神？」我一愣，突然想到了什麼，大驚，「你是張家莊世代傳承的種菇人？」

一聽見這話，老五顯得比我更驚訝，「你知道張家莊的秘密？」

「略知一些。」我示意秦思夢跟我一起坐到潮濕的地上，腦子運轉得飛快，卻覺得很是混亂。張家莊的菇神廟很有特色，我曾經在自學民俗時，特意去調查過。沒想到那個名不見經傳的小地方，竟然和現在的可怕事件扯上了關係。

該死，事情似乎越來越複雜了！

「菇神？什麼菇神？難道蘑菇還有神仙，從來沒有聽說過。」秦思夢眨巴著眼，很好奇。

我解釋道：「張家莊就在春城遠郊的深山裡，世代種植蘑菇。根據史料記載，曾經有一種神秘蘑菇甚至成為貢品。進貢剩下的，才輪得到其他富豪貴紳買走。價格極為高昂，普通人根本就吃不起。」

「難道是松茸？」秦思夢一臉不信，「不對啊，松茸應該產在高海拔的藏區才對。」

「不是松茸，秦女娃。妳太沒見識了，拿松茸來和我家的蘑菇比。」老五實在聽不下去了，用沙啞的聲音插嘴。

秦美女瞪了他一眼，「那你跟我好好解釋解釋。我早就看你這個臭傢伙不順眼了，不安好心。一直都算計我，想要利用我引機關獸。機關獸裡，到底有什麼秘密？」

老五尷尬的笑了兩聲，準備繼續嘴硬。

我淡淡笑了一下，「剛剛老五叔不是說過嘛，機關獸裡藏著一個大秘密。那個秘密能幫我們逃出去。這句話，想來不是假的。」

老五眼皮一跳，沒有否認。

「那麼，老五叔，能勞駕你打開天窗，跟我聊聊你是怎麼進這個古墓中的嗎？」我繼續試探著，總覺得，老五心裡藏著對我極為重要的東西。無論如何，都要把這如茅坑裡的石頭般又臭又硬的傢伙的嘴巴撬開。

「老子沒啥好說的。」老五堅決不開口。

「是有什麼苦衷吧？」我將手裡的兩張人皮書鋪到地上，並排到一起，一邊饒有興致的觀察，一邊說：「我看過你的手，不像是種蘑菇的。老五叔，你從小就離開張家莊去外邊討生活了吧？」

老五疑惑的道：「這都看得出來？」

「不只如此。我還能看出更多東西。張家莊早就不種蘑菇了，但是你卻被人扔進了這個古墓裡。恐怕，是被誰坑了，對吧？坑你的人，到底是誰？」我瞇了瞇眼睛。

「哼。」老五冷哼一聲，算是默認了。可仍舊不願意吐露究竟是誰坑了他。

有機會！我頓時眼睛一亮。他果然是被人坑了。作為同樣被扔進古墓的人之一，我甚至能猜到坑他的人到底是哪個。無非就是讓趙雪屍變的養屍人，或者周偉和李欣背後的黑手之一。說不定，這些人都來自同樣的勢力。

甚至，根本就是同一個人。

畢竟這塊茅坪村飛地下深藏的古老陪葬墓，就連我都不知道它的存在。哪有那麼多勢力能夠同時插手進來。越是如此想，我越是頭皮發麻。這個勢力，如果說真的是為了收集人皮書，那老五手裡的人皮書，為什麼偏偏沒有被他們搶走呢？

那些傢伙，籌謀了如此大的局，殺死陷害了那麼多人。圖的究竟又是什麼？哪怕挖掘了如此多的線索，我仍舊沒有任何頭緒。

「老五叔，我和秦美女都挺敬重你。要不，咱們來玩一個遊戲。」我見他不開口，陰笑起來。示意秦思夢走到他身旁。

老五頓時有種不祥的預感，「老子不想耍遊戲。」

陰沉沉的古墓裡，黑暗是永恆的色調。我們坐著的地方，雖然潮濕，但是卻還算愜意。機關獸死掉般一動不動的躺在地上，橫屍在墨色中，彷彿在緩慢的醞釀著某種越來越濃重的詭異。

我看了看墓頂，又看了看跟前的兩張人皮書，眉頭大皺。總覺得有股山雨欲來的難受感。這個陵墓，恐怕也久待不得了。

「遊戲，我最喜歡玩遊戲了。嘿嘿。」校花大人興致盎然。

「老五叔。我這個人最誠懇。您瞧瞧，人家秦美女的鞋子多漂亮。Prada的新款吧？很值錢，對吧？雖然後跟被扯掉了，有些影響外觀。」我臉上不懷好意，心裡卻不斷湧上焦急感。

陵墓，似乎隨著機關獸的死亡，正逐漸活過來。這只是一種感覺。明明是一個埋葬死人的陪葬墓，為什麼會給我將要活起來的錯覺？這，簡直是讓我發瘋。

老五縮了縮脖子，就是那雙鞋，幾乎要讓他斷子絕孫了。

「這雙尖頭高跟鞋的最尖端，大概只有兩度。這代表什麼呢？很簡單，也就是說，只要力氣夠大，高跟鞋的鞋尖，完全能夠將老五叔你的兩顆蛋蛋踢到胃裡去。」我輕聲道，彷彿在說著沒什麼大不了的事情，完全不關傳宗接代什麼的。

秦思夢聽到這，頓時「噗嗤」一聲笑了起來，「小古，你太壞了。你的遊戲規則，是不是要他回答某些問題。答對了，沒獎勵。答錯了，就讓老五叔絕後？」

「有道理。就這麼來吧。」我沒點頭，也沒搖頭。

可憐老五已經驚嚇過度，瞳孔裡滿是兩個惡魔的嘴臉。

「老五叔，您母親，還好吧？」我問。

老五哆嗦了一下：「早死了。」

「請節哀。」我笑瞇瞇的，又問：「那你的父親呢？」

「還健在！」老五臉色微微一變。

我輕輕地將兩張人皮書調換了一下位置，不由得覺得更加奇怪了。這兩張人皮書，似乎能拼湊成更大的一張。可是上邊的內容，似乎並不是一整張人皮完整時寫上去的。

這就意味著，完整的人皮書，或許並不是正方形或者長方形。甚至有可能，並不規則。

「那，你的父親。」我猛地抬頭：「被那個陰你的人綁架了，對吧？」

老五一愣，痛苦不已：「是！」

「哼！說謊！」我撇撇嘴。秦思夢一聽，立刻一腳踢了上去，痛得老五哀嚎了許久。

等老五平靜了，我才繼續又問：「你的父親，已經死了。奇怪，應該不是那個人殺掉的。會是誰殺的呢？」

老五的眼神有些閃爍。

「是你殺的！老五叔，你為什麼要殺自己的父親？」我直直的看著老五的眼睛，眼神冰冷刺骨。

老五的心理防線徹底崩潰了，他尖聲大叫：「你是魔鬼，你是魔鬼。你他媽的憑啥子曉得老子殺了自己的爹！」

「我不知道啊，是你自己告訴我的。」我冷笑一聲。秦思夢在一旁聽著，整個人都驚呆了。她將嘴巴湊到我耳朵旁，低聲問：「小古，你怎麼猜到老五殺了自己的老爸？」

「都說了我不知道。這不過是個心裡詭計罷了，看過些心理學書籍的人都會玩。」我不停環顧四周，心裡覺得沉甸甸的，壓抑得很。就如同周圍的空氣開始變成固體似的，擠壓得人喘不過氣。

「不好！」就在這時，不遠處傳來一道像是轟隆隆的雷響聲。我猛地將兩張人皮書包裹著揣進口袋裡，迅速割開老五身上的繩子，大喊道：「走。快逃！」

喊完，帶著驚慌失措的兩人，拔腿使勁兒的朝右側深邃的黑暗逃去。

第六章◆七陰絕煞

轟隆隆的雷聲由遠至近，連綿不絕。但是地底陵墓，怎麼可能打雷？結合剛才自己的感覺，無論怎麼想，都只剩下一個結論。

那就是，陵墓，真的基於某種理由，醒了過來！

秦思夢緊跟在我背後，跑得氣喘吁吁。而老五一聽到打雷聲，就立刻如同被踩中了尾巴的貓似的，捂著還發痛的卵蛋，跑得比我倆都快。

這個中年人很快就跑到了前面。我眼珠子一轉，大喊道：「向右跑。」

「但是老五明明往左在跑，不跟著他？」秦思夢抽空問。

「向右跑！」我堅持。

女孩沒再多問，和我一起朝和老五相反的方向跑去。老五一見我倆準備離開，大叫一聲晦氣，最終跟了過來。

我冷笑一聲，在洞穴裡找到一處寬闊的鐘乳石岩縫，鑽了進去。老五厚著臉皮也跟著進來了。

轟隆隆的雷響從遠處襲擊過來，帶來了一陣腥臭味十足的熱風。明明是伸手不見五指的黑暗裡，偏偏熱風如同積雷雲般，蘊藏著光源。隨著熱風的擴散，星星點點的微弱光芒也擴散開，令整個陵墓都露出了磨砂般的輪廓。

「好強的煞氣！」老五瞪大了眼睛，打了個寒顫，「冤恨不泄，戾氣不消。簡直就是至陰至陽的絕殺地。」

「不錯，這裡確實很有可能是風水學上的七陰絕煞。」我也是滿臉陰沉，心直接落入了谷底。

剛剛還陰冷無比的龐大陪葬陵墓，開始隨著熱風而變得逐漸燥熱起來，甚至熱到令人難以呼吸。你妹的，這絕對是七陰絕煞地的特徵！

「七陰絕煞地？」秦美女撓了撓頭髮，「小古，你給我說清楚。怎麼講一半就不說話了，弄得人一顆心懸在那裡！」

我抹了一把臉上的冷汗，心驚肉跳道：「七陰絕煞之地，在傳統的風水學上曾經有過記載。在大河大川中，終年只有兩個月能曬到太陽的地方，稱為至陰。但是如果那塊至陰地下邊，偏偏有至陽之氣，也就是地心的熱氣湧上來。便會形成絕煞之地！」

「但是要形成七陰絕煞，沒那麼簡單，必須要人為干涉。否則單靠自然界的鬼斧多。神工，是做不到的。」我手心都在冒汗，恐懼極了。理論上的東西，自己確實知曉許多。但是一直都以為是傳說中才有的七陰絕煞真的出現在眼前，我仍舊覺得不真實。太不真實了。修建這個陵墓的人，居然如此心狠手辣，如此的有魄力。更可怕的是，這裡竟然僅僅只是個陪葬墓而已。那主墓，到底又有多凶險。能夠躺在主墓中被千古埋藏的人物，到底有多高的身分？

我根本難以揣測。追溯四川數千年歷史，自己也猜不出個所以然來！

「七陰絕煞在風水學中，屬於極為凶厲之地。為了不讓地底陽氣流逝，必須要殺掉大量的青壯年，將其屍體在太陽下曝曬七七四十九天之後，再將這些屍體用大鍋熬製。」

我一眨不眨的看著陵墓中光粒子的傳播，雖然有光，可以看清四周了，是件好事。但是傳說中的七陰絕煞哪會僅僅只是提供見光源那麼簡單。肯定還會有什麼殺招。

「從人類身上熬出的屍油，兌上一定比例的桐油後。需要在整個至陰層和至陽層都撒一遍，用來隔絕陰氣和陽氣不外泄。最終將陰陽兩種氣死死鎖在陵墓裡。這樣的陵墓，可以最大限度的保存屍體不腐爛，也可以杜絕盜墓者！因為陰煞陽煞一出，所有活物都會死絕！」

秦思夢聽完，頓時打了個哆嗦，「你曾經說這個陵墓位於茅坪村外的飛地底下，那需要多少死人才能熬成那麼多屍油啊？」

「數萬人吧。」我苦笑。

秦思夢瞪大了眼，難以置信，「小古，你的意思是。這個陵墓的製造者，光是為了修個陪葬墓，就殺掉了數萬人？」

「小心點，這裡沒那麼簡單。老子在這鬼地方待了快半年了，還是第一次看到這些陰煞亂竄。」老五用沙啞的聲音說，他的表情凝重，雙腳哆嗦得厲害。

陰陽兩氣交融後，在陵墓高達五公尺的封閉空間裡，顯然形成了自己的氣象層。陰煞包裹著陽煞，不斷摩擦，發出雷鳴般的聲音，以及大量的電光。雷雨雲中蘊藏的電能量越變越大，不停朝外輻射。

而四周，不知不覺間，也產生了變化。

剛剛還滿是積水的地面，以肉眼可見的速度乾枯。水分子流失了，蒸發到空氣裡。空氣中的雷雨霧頓時變得更加濃重。

「劈哩啪啦」當每一道閃電擊中地面，地面上的灰塵都會泛起一層漣漪。我們三人凝神貫注的看著那些雷雨雲飄來飄去，不停積累能量。心幾乎已經吊到了嗓子眼，七上八下的忐忑不已。

未知，才是人類的原罪。對於未知感，人類有一種天生的恐懼。我頭皮發麻的感受著空氣中強度極高的靜電，卻又束手無策。

沒多久，周圍竟然無聲無息的在岩壁和鐘乳石上，開出無數朵小小的花來！

「這是什麼花？」秦思夢眨巴著眼：「好漂亮。」

就連我們周圍也開出了好幾朵。這些花確實漂亮，在光離子中，反射著晶瑩的光澤。五彩繽紛，炫目得很。花朵似乎在吸收著空氣中的陰煞陽煞，甚至游離的電能量。靠近雷雨雲越近，吸收得越多，也長得越快。

不多時，有些石頭上的花，已經長到了半人高。每一朵花的葉子都是尖銳的，彷彿無數根刺，在伸展，在延長。無數朵花，無數片葉子，一時間長滿了整座陵墓。

「屍、屍花！」我和老五不約而同，驚恐不已的大叫了一聲。

「該死，千萬別碰！」我一把拽住秦思夢的手。這女人居然伸手想要摘不遠處的屍花。這女人的神經到底是有多大條啊。

老五瞳孔放大，聲音更啞了，「老子聽我爹講過，屍花只開在埋有大量屍體的地方。吸收怨氣和戾氣而生，表面佈滿屍毒，劇毒無比。只要一見血，就能封喉。我們腳底下，難道埋葬了無數人骨？」

「極有可能，難怪，難怪。熬製屍油的人骨，可能被製造者埋到陽氣最盛的地方。難怪如此！」我喃喃道：「所謂陽煞，沒有那麼神，其實就是地火。茅坪村外這塊飛地，數千萬年前應該是一座火山口。只不過現在已經成了死火山，所以冒上來的陽氣嚴重不足。」

「但是尋到這塊死火山口的，顯然是個高人。他對陰陽學說的理解，已經到了神乎其神登峰造極的程度。」我遍體生寒，「他利用屍油儲存鎖死陰陽之氣。而既然陽煞不夠，那麼就用人屍引誘。」

秦思夢愣了愣：「人屍引誘？」

「不錯，就是人屍引誘！」我舔了舔發乾的嘴唇，「人死後，屍體屬陰。而晾曬七七四十九天後又被熬出了全身屍油的骸骨，更是至陰之物。用至陰吸引至陽，哪怕這座死火山死得再徹底，總也能吸引出陽氣來。這些屍花，就是陰陽兩煞過剩，才會長出來的東西。」

老五一眨不眨的看著那些陰森美麗的屍花，「老子聽說陰煞地的屍花，每三百年才會開花一次？」

「我也聽過類似的說法。」我皺了皺眉頭：「我被人丟入陵墓後，正好位於七口排列成北斗七星的棺材的勺子位置。那些棺材很古怪，從唐代以來，每個朝代的武官棺材都有。現在想想，似乎……」

說到這裡，我整個人都呆住了。

「原來如此。這個陵墓，並非一直都是開放的。它每三百年，只有屍花綻放的一段時間，入口恐怕才會基於某種原因打開。所以那些歷代的棺材，基本上是每隔三百年，才會被人抬進來一口。」我瞪大了眼，驚悚不已。這就解釋了為什麼有些朝代的棺材，會有兩口。

隱藏在我們背後，陰謀不斷的勢力，恐怕也是知道這一點的，知道每三百年，只有這一小段時間，才能進入陵墓。所以他們才拚了命的佈下重重詭計。

這個陪葬墓裡，究竟隱藏著什麼秘密？

不，既然僅僅一個陪葬墓都這麼恐怖了，那麼真正的主墓，又有多凶險，多可怕呢？我猜，那個勢力的最終目標，恐怕便是隱藏在陪葬墓旁不知多遠，深藏在哪裡的主墓，才對！

「排列成北斗七星的七口棺材？」聽了我的話，老五突然抖了一下：「你確定這個陵墓裡，真的有七口棺材，排列成了北斗七星？」

「不錯。」我點頭：「不只如此。我猜測，每擺進一口棺材，這個陵墓的神秘守陵人就會在棺材底下鋪上一層黑狗血。七口棺材，七層黑狗血。奇怪吧？」

老五冷汗直冒，咬牙道：「兄弟，我知道剛才老子的表現不好，你們不相信我。不過，如果咱三個真的想逃出去，必須要聽老子的一個建議。」

「什麼建議？」我看他說得認真，沒有反駁。

「回到那七口棺材邊上去。只有那裡，才是唯一的生路。」老五環顧四周：「血煞起，屍花開。現在也不怕說實話了，直到老子的爹被老子殺死時，我才搞清楚。我張家莊的所有人，其實最開始不是種蘑菇的。種蘑菇只是賴以生存的副業。我們張家，就是這口古墓真正的守墓人！咦，兄弟你好像不驚訝？」

「我早就有猜測了。你們菇神廟裡的神那麼可怕獨特，史料中根本找不到記載。我就想，或許所謂的蘑菇神，只是一種掩飾罷了。」我撇撇嘴：「張家莊看似離這陵墓好像挺遠的，但是看衛星地圖，不過隔了兩座山頭罷了。說不定你們張家傳承裡，還有通往陵墓的近路。」

「靠，你小子聰明得已經是個妖孽了！」老五被我的分析弄得目瞪口呆，他擺了擺腦袋：「這些我們之後再說。總之，屍花繼續開下去，會發生極為可怕的事。我、你，還有秦女娃，都扛不過去。只有那七口棺材下的七層黑狗血土，能保住我們。」

他的話剛說完，異變突生，五十公尺外一朵長到接近一公尺的屍花承受不了吸入的大量陰陽戾氣，猛地爆炸開來！

爆炸引起了連鎖反應。交融在一起不停摩擦的陰陽煞氣中，電光不停地閃動，如同磁鐵吸引住了鐵質物品，空氣中的電能開始扭扭曲曲的朝著那爆炸的屍花流動過去。那株屍花周圍的光粒子被爆炸的風吹開了，形成了一處黑洞。刺眼的電光圍繞著那個黑洞轉了一圈又一圈，最終被吸入了屍花裡。

一切彷彿都停滯了下來，如同褪色的照片，飄浮在空中的雷雨雲向後飄去，飄了很遠。

我、秦思夢、老五三人，屏住呼吸，朝爆炸的地方望去。只看了一眼，我們同時渾身一震。

眼前爆開的屍花不見了，只剩下一個碩大的石繭般的物體。

「屍花，結、結、結果實了？」老五張大了嘴，驚訝得口水都流了出來。

我也嚇得不輕。看著遠處那越看越像是果實的橢圓形物體，又將視線收回，瞧向兩個手臂長度外，晶瑩的盛開著的一小朵屍花上。這朵屍花離雷雨雲很遠，吸收的能量很少。所以盛開的速度非常緩慢。

從口袋裡掏了一把鑰匙，我儘量小心翼翼的用金屬部分敲了敲屍花。頓時，屍花上都傳來了硬邦邦的響聲。可只是一次短暫的接觸，金屬鑰匙就嚴重發熱。自己立刻將其遠遠甩開。

鐵質的鑰匙無聲的落到地上，碰到屍花的部位如同奶油般融化了。

我們三人倒吸了一口涼氣。雖然也有猜測屍花很毒，但絕沒想到居然如此的毒，竟然能把金屬都腐蝕掉。

真是太可怕了！

我皺了皺眉頭：「這些屍花的主體，應該是喀斯特地形中富含的碳酸鈣沉澱物。只不過這種沉澱物與陵墓裡的陰煞陽煞產生了化學反應，才變得晶瑩剔透起來。無論如何，所謂的屍花，並不是真正的生物，不可能開花，更不可能結果。這怎麼想都覺得荒謬。」

「但是，那石蛋是怎麼回事？明明是屍花消失後才出現的。」秦思夢指著遠處的詭異石頭蛋反駁。

我搖搖頭，「總有解釋的。」

「切，討厭的口頭禪。」女孩撇撇嘴。

老五顯然知道些東西，他一聲不吭，只是面容陰沉不定。好久，才用石磨似的聲音說：「走過去看，不就曉得了。」

「沒錯，過去看就知道真相了。」我很認同，於是掏出手槍，用槍口瞄準他，「老五叔，您德高望重，先走。」

「媽的龜兒子，你娃從小就不學好，智商都用到坑人身上了。」老五的臉嚇得扭曲起來，破口大罵。

我冷笑一下，這個混帳一直都沒安好心。誰知道他在什麼時候會坑人。讓這個自稱的陵墓守墓人打頭陣，雖然不安全，但至少有個擋箭牌。

老五被我的槍口脅迫著，從鐘乳石縫隙裡走了出去。屍花盛極就會爆炸，每爆開一朵花，就會在屍花消失的地方留下一顆碩大的石蛋，詭異得很。

更詭異的是，石頭蛋似乎排斥空氣裡的陰煞和陽煞，將那層厚厚的雷雨雲遠遠的推開。

雷雨雲遠了，我們三人反而安全許多。

老五向前走，走得小心翼翼，每一步都在斟酌，彷彿腳底下是整片的地雷區。

「踩在他的腳印上，小心點，跟緊我！」我頭也不回的向秦思夢叮囑。

校花大人完美的執行了我的吩咐。老五一頭冷汗，明明離最近的石頭蛋只有五十幾公尺，可是就這五十幾公尺，我們三人足足走了十多分鐘。

這個陵墓雖然主體是天然洞穴，但是沒有完工的部分收工得很倉促，許多洞穴都沒有打通，處理平整。我們藏身的地方，就是一個洞中洞，大約十幾公尺寬，但是極為狹長。

可現在，這小岩洞儼然變成了一隻弓著身的刺蝟。只有腳底下還能走路。十幾公尺已經很寬了，但岩壁上長滿了利刺似的石花，那尖銳的花瓣哪怕是皮膚沾上一小點，都足以致命。

一切的一切，都容不得我們不小心。

好不容易來到石頭蛋前，我們三人的視線剛接觸到這個古怪的東西上時，全都傻了眼。

一股陰冷的涼氣，從腳底爬上了後腦勺。

「你妹的。逃！」我毛骨悚然的大叫。自從進了這個洞穴後，我幾乎將「逃」這門藝術演繹得登峰造極。

容不得我不跑，因為那塊古怪的石頭中，竟然是——

血屍！

屍花結果後，形成了無數顆石頭蛋。每個石頭蛋都真的像是蛋，表皮透明。在雷雨雲輻射出的光粒子中，顯露著陰森森的形跡。

石蛋裡，容納著一具屍體。一具蜷曲著身體，猶如嬰兒在胎盤中的屍體。那具泡在某種透明液體裡的屍體，沒有皮膚，只有血淋淋的肌肉組織，和乾枯的面容。

正當我們驚嚇過度，拔腿就逃時。

液體內血屍緊閉的眼瞼抖動了幾下，睜開了，眼睛！

第七章◆血屍出籠

我之所以知道血屍的存在，是從地方野史的蛛絲馬跡裡探究出來的。不是我自誇，本人還算聰明，有過目不忘的本領，智商也頗高。所以對需要強記硬背很多資料的民俗學情有獨鍾。

春城大學的民俗學系很出名，圖書館裡有大量關於各種民俗的藏書。不過由於畢業後想要找到相關的專業工作極為艱難，所以報考民俗學系的人很少。

這個社會浮躁到早已經成為了工作的奴隸。大學的一切，也早就變成了，以容易找工作為前提而努力。

扯遠了。從前跟周偉七人郊遊時，我也曾經提到過血屍。這種在民俗學上，屬於真真正正的怪物一般的生物，經常會在各種四川民間故事裡出現。我對它很感興趣。

因為血屍，不同於所謂的殭屍。在各種記載中，它似乎在四川歷史上真實存在過。它，類似於西方怪物中的弗蘭肯斯坦，是人類人為製造出的生物。古人的智商和智慧從來都不容小覷。至少直到如今，血屍的製造工藝，也足以讓人驚嘆。複製科技什麼的，跟它比起來，簡直弱爆了！

一九九五年的春城殭屍事件，至今，我仍舊覺得是某些被千古埋葬的血屍因為意外而跑了出來，危害世人。雖然有傳言那些血屍被部隊用機關槍、火箭筒以及火焰噴射器，艱難的消滅掉了。

但現在轉頭想想，十多年前的血屍出籠事件。或許，和這個古老的陪葬陵墓有關。你妹的，哪怕是使勁兒的跑，身旁都不斷的有屍花爆炸開，每一朵結果的屍花，都會變成一顆容納著血屍的石蛋。

密密麻麻的石頭蛋，詭異的擺在洞穴中。隨著雷雨雲的飄遠，這些石蛋如死般安靜。沒有皮膚的血屍，寂寥的彎曲著身體，沉浮在石蛋透明的液體裡。

一路逃竄的我們三人，早就已經頭皮發麻，全身爬滿了雞皮疙瘩。

「它、它們不會醒過來吧？」秦思夢結結巴巴的問，她腿軟得厲害。

我搖頭，「鬼才知道。老五叔，你是這個陵墓的守墓人，來說說看？」

「屁話。老子曉得自己是守墓人，也是老爹死前幾分鐘的事而已。他啥子話都來不及說清楚，就嗝屁了。」老五語氣發顫，怕得要死。

「血屍，究竟是什麼？」秦大小姐儘量不去看那些石蛋。洞穴裡的石蛋實在太多了，怕是不下一千個。

我跑到不停喘氣，「這生物，只在陰陽兩種戾氣交會處，才會產生。它從人類的屍骨中滋長出來，以人類血肉為食物。可怕得很。對吧？老五叔，你不覺得這些血屍，很眼熟嗎？」

石頭蛋中沒有皮膚的怪物，雖然徒有人形，但是模樣猙獰可怕。大大的眼窩深陷，連腦殼也沒有，只能看到鮮血似的殷紅色體表。這玩意兒，光是用看的，就會令人陷入恐慌。

如果真活了過來，恐怕我們全都會完蛋。

「眼熟，眼熟個屁。」老五恨恨的說，臉上卻越發的怪異。

我撇撇嘴，突然轉身，一槍就衝著他射過去。老五居然早有所準備，本來他要偷襲我的手猛地轉了一圈，身體一扭，躲了過去。

槍聲震耳欲聾，響徹整個洞穴。

我冷哼一聲，繼續開槍。自己沒有進行過射擊訓練，手裡的槍精準度也不高，所以連開了幾槍都沒擊中老五。而老五顯然也無心應戰，只想擺脫我們開溜。

秦思夢莫名其妙的看著我們打成一團。老五見我打不中他，就朝洞穴外的一處岔路口跑，校花大人雖然搞不懂原因，但是哪容得他逃掉。趁老五接近自己身旁時，她一腳踢了過去。

或許秦思夢上輩子就和老五的子孫有仇，這一腳好死不死有意無意的，準確的踢中了老五的卵蛋。

老五尖叫一聲，捂著小兄弟倒了下去。

我撲上前，將他的手扳到背後。老五的右手緊緊的捏成拳頭，想要將某樣東西藏起來。可是因為疼痛，拳頭根本就握不緊，讓我從指縫間瞧到了些端倪。

這是一個圓形物體，很小，很容易藏匿。我將其搶了過來，秦思夢湊過腦袋看了一眼，不禁疑惑道：「什麼玩意兒，好像很高科技的樣子？」

圓形物體確實是高科技產品，是由玻璃製成，裡邊有根細細的管子。我按了按中間的按鈕，一根小尖刺猛地彈了出來。

「小型採血裝置。靠，居然是美國著名的間諜工具。」我不由得嚴肅起來，這怎麼回事。老五手裡怎麼會有這種東西？他剛才明明想用這東西採集我的血液。我的血？能用來幹嘛？

圓形物體的中央管子裡，已經有一滴殷紅的血液了。我轉頭問秦思夢：「妳跟著這混蛋時，有沒有感覺被蚊子咬得輕微疼痛？」

秦思夢見我臉色不善，立刻有了不好的預感，「三天前有過。我就奇怪陵墓裡明明沒有蚊子，怎麼會被咬。」

「看來採血器裡的，是妳的血。」我一把將老五的腦袋掰過來，厲聲問：「老五叔，你知道的東西恐怕比我想的更多吧？說，你是不是和陷害我們的人有聯繫，是他指示你這樣做的？」

老五一臉驚恐，眼睛使勁兒的朝後望，「兄弟，老子也是迫於無奈。」

「被誰逼得無奈？」我腦子裡竄過一千種想法。老五這句話透露出太多訊息了！

「求你了，兄弟。信我的話，就馬上逃！」老五嘴硬的不願說幕後主使者，但他臉上的恐懼越來越盛。

不像作假！

周圍的陰煞氣息隨著時間的推移，越來越濃重。我的神色陰晴不定了幾秒後，一咬牙，放開了他，「走！」

說著就推著老五往前準備離開。

秦思夢本來還想反對，就在這時，一聲器皿破碎的聲音猛地從背後傳了過來。

老五和我頓時冷汗直冒。毛骨悚然的感覺不停的從後腦勺爬上來，我們如同被掠食動物盯住了般，從食物鏈頂層，直接跌落到了底層。

背上不停傳來針刺般的視線，秦思夢下意識的朝身後望去，便是一聲尖叫！

只見最早結果的石頭蛋破裂了，隨著那清澈的液體噴出，裡邊的血屍也流了出來。血屍躺在地上一動不動，但是周圍卻瀰漫著劇烈的惡臭味。臭到令人窒息。

「是屍油的味道。」我大驚：「石頭蛋中裝的全是屍油。該死，這地方究竟還有多少秘密？」

血屍如同沒有生命般，爛肉似的留在不遠處。我臉色幾變，推了秦思夢一把：「妳盯緊老五，先逃。」

秦思夢點頭，用噬人的眼神押著老五往前走。我則朝血屍的方向走了幾步，七陰絕煞地在民俗學中稱之為絕地，進入之人幾乎沒有生存的可能。而只有七陰絕煞能夠孕育血屍。

據說血屍本就是由熬製過的人類屍體拼湊縫製而成，應煞氣而生。因為沒有皮膚，所以通體呈現血紅色。每次出世，都會引起一場浩劫。

屍花每三百年開花一次，它吸收的煞氣，顯然全都輸送給了血屍當作養分。我不信建造墓穴的主人費了如此多力氣，殺了那麼多人，熬製出那麼多屍油。為的就是養育出一動不動的血屍。

這些血屍，肯定有玄機。

至於有什麼玄機，我也懶得探究了。既然出了血屍，必須得將其扼殺於搖籃中。屍油比石油還容易燃燒，只要丁點火星就能解決這一切。我從褲子口袋裡掏出打火機，按了幾下。

一道微弱的火苗便出現在眼前。

說時遲那時快，正當自己走到離血屍只有十幾公尺，想要點燃它周圍的屍油時。血屍彷彿感應到了什麼，猛地動彈了一下。

我的魂都快被嚇飛了，這隻血屍不知何時已經睜開了眼。正用那雙翻白的眸子直勾勾的看著我。血屍的眼裡只有密佈的血絲，並沒有眼珠子。

它的面容模糊，五官彷彿被潑了高濃度硫酸般毀了容，所有肌肉都融成了一片。血屍想要撐起身體，它對我的血肉極有興趣，從它猙獰的眼中，流露出了噬人的饑餓感。

「哈！哈！」血屍張開血盆大口，滿嘴尖銳的細牙。它的嘴巴被許多增生的組織膜覆蓋。那些組織膜被撕裂了一大部分，就如同許多破布掛在嘴邊，可怕得很。

隨著血屍的吼叫聲一起噴出的，是一口白色的煞氣。

充斥整個洞穴的陰煞和陽煞之氣因為血屍活過來而紛紛落下，有的落在地上噴濺的屍油上，那些剛剛還透明清澈的屍油，彷彿變了模樣。逐漸變得混濁，如同一層苔蘚般，迸發出五顏六色的螢光，美得令人驚悚。

我瞪大了眼睛。這些螢光物質自己居然見過。不就是被周偉七人當作祭品獻祭的洞穴中，出現過的劇毒流體嗎？你妹的，原來那些東西竟然全是屍油？

什麼時候屍油那麼毒了？難道是在陰陽煞氣中久了，產生了變化？

怪了，那個春城郊區的洞穴離這個古老陵墓如此遠，為什麼也出現同樣的屍油？

（詳情請參見《鬼骨拼圖 101：陰城血屍》）

不敢再想那麼多，我只是越發的恐慌不已。手一抖，點燃的打火機已經飛了出去。

屍油遇到火焰，猛烈的發出爆炸聲。

我沒看結果，順著氣浪轉身就逃。不逃不行，那血屍的動作雖然看似笨拙，但是如果真的活過來了，就要出大事了。

春城郊區的洞穴裡五彩繽紛的劇毒屍油呈現噴濺狀，證明是有人故意潑上去的。

如果這種屍油和血屍有關聯的話，那麼結果呼之欲出。

難怪六十年前那隊裝備精良的傭兵一個個慘死，難怪一直以來進入洞中的探險者全都無一例外的只進不出。因為那洞裡，極有可能也有血屍存在。

血屍既然能殺掉那麼多人，甚至力大無窮將人類屍體拋到幾公尺高的洞頂，讓屍體刺入鐘乳岩中。那就意味著，它，蠻力驚人、速度也不差。

屍油燃燒得比想像中更加劇烈，我使出了吃奶的力氣，跑得氣喘吁吁。沒幾分鐘就看到秦思夢他們兩人的背影。

他們倆察覺到爆炸後，都一臉驚訝，一邊走一邊向後張望。

「你妹的，看什麼看。要死啊！都給老子拚命跑！」我大吼一聲。

秦思夢和老五臉上的震驚不減，甚至還飽含著驚恐。他們的視線繞過我，直接落在自己的身後遠處。

我背脊發麻，心裡只剩苦笑。格老子，那麼大的火都燒不死那雜種，它是屬蟑螂的嗎？

只聽到「哈，哈」的吼叫聲。一個血紅的身影猛地從火中跳起，橘紅色的火焰還在它身上燃燒。可是血屍根本就感覺不到疼痛。它直勾勾的看著我們三人，彷彿在審視眼前的食物，誰比較好吃。

「活了！血屍真的活了！」老五牙齒不停的打顫。

我腿不停，轉手就衝著血屍的身體掃射了幾發子彈。這支黑市買的自製槍，子彈本就不多，嚇唬人可以，想要傷害不遠處的怪物，無疑癡人說夢。

血屍被我擊中，噴出一口白色煞氣，而身體只是抖動了幾下，血紅的肌肉上一個彈孔也沒有。

我們三人頭皮發麻，這混帳真的是古人弄出來的？曉得槍械沒用，可完全沒想到就連皮都沒有的身體會那麼堅固。

「八國聯軍打進北京城的時候，弄幾隻血屍擺在跟前，那些傢伙還搶得了圓明園才怪。」秦思夢再也顧不上老五，趁他不備一腳踢在老五卵蛋上，痛得老五直罵娘。

校花使勁兒的將老五朝血屍的方向推過去，大叫一聲：「小古，哪邊逃？」

「左邊！」血屍高高的跳起，本想攻擊我。但是乍一下被老五的動作吸引了注意力，乾脆朝老五身旁跑去。

我不敢怠慢，繞過老五就朝左邊瘋狂逃跑。

起初，背後是血屍的嘶吼和老五的破口大罵，之後就只剩下慘叫。我們根本不敢看，只能不停的跑。

身旁的屍花不斷在結果，但幸好，只有一隻血屍出來而已。每每從石頭蛋旁跑過，我倆都會一陣心驚膽顫。

「我們去哪？」秦思夢喘著粗氣問。

我毫不猶豫，「朝那七口棺材的位置跑。老五說只有那裡的黑狗血能夠擋住血屍。」

「你信他？」女孩有些詫異。

「不信。但是我信那些黑狗血土層。」我皺著眉頭，「七陰七陽絕煞地。七口棺材，七層黑狗血土。都是七，我想，應該不是巧合。那七口棺材裡，肯定有逃出去的玄機。」

自己的記性很好，但是在這沒有光的地方，記憶就完全沒用處了。不過我有手機。離開七口棺材的位置時，我就將手機裡記憶路徑的程式打開。自己沿路的路徑都被記錄下來。

看了一眼手機螢幕，自己居然繞了個圈，七口棺材的所在，其實離這裡並不算遠。

「哈！哈！」就在只剩下幾百公尺時，背後猛地傳來了血屍的吼叫。

我倆一臉煞白，朝地上一滾，險之又險的躲開了血屍的攻擊。抽空往後看了一眼，自己和秦思夢，頓時只剩絕望！

這隻血屍身上，被貼了一張怪異的紙符。紙符貼在它的腿上，神奇的是，紙符似乎真的有用。血屍那隻腿明顯不能動彈了。只能用一隻腿拖著身體，往前跳。

最讓人驚悚的是，這隻血屍背後，居然又跟上了兩隻同樣可怕的血屍。應該是剛從石蛋中蹦出來的。一隻血屍我們都贏不了，更不用說三隻。這完全將我們逼入絕路。

看著越來越逼近的血屍，死到臨頭，我反而有一絲靈光閃過。血屍的眼睛沒有視覺，顯然它們是靠鼻子聞到獵物的所在。

但是作為生物，只有記憶傳承的物種，才能天生的分辨出食物的味道。血屍應煞氣而生，並不是真正的生物。它對人類血肉的嗜好，也不是天生的。那麼，它鼻子裡聞到的人類，究竟是什麼味道呢？

三隻血屍跳得很快，每一次跳躍都能跳出兩公尺多。我們根本來不及逃跑。就算跑，也根本跑不過它們。

「小古！」秦思夢覺得自己這一次逃不掉了，緊緊的拽住了我的衣服。她臉上的恐慌讓漂亮的雙頰都僵硬了。

我的恐懼也難以掩飾，腦袋以驚人的速度運轉著。怎麼辦，怎麼辦？製造血屍的古人們，肯定有辦法迷惑血屍。沒有人會製造一件不受控制的武器。

總覺得逃生的希望，就在血屍的鼻子上。那些怪物，除了鼻子外，根本就沒有其餘有效的探測器官。它們甚至沒有耳朵。

「屏住呼吸，快！」我大吼一聲，準備拚一把！

害怕到極點的秦思夢根本沒有思考，下意識的照做了。她停止呼吸，睜大眼睛，一眨不眨的看著近在咫尺的血屍。

我也屏住呼吸，一手捏著鼻子，一手捂住嘴。已經靠近我倆到只剩半公尺的三隻血屍，猛然間失去了目標，竟然真的停在了原地。

自己心裡的緊張，終於稍微停頓了些。賭對了，你妹的，真的賭對了。一直都有個猜測，風水學上的煞氣，某種程度來說，也是陰氣的一種。而活人呼出的，卻是陽氣。既然古人製造血屍是為了守護陵墓不被盜，那麼血屍攻擊的自然是活人。屏住呼吸，就隔絕了陽氣外泄，那血屍肯定找不到我們倆。

三隻血屍沒有思考能力，它們呆立原地，弓著佈滿鼓脹的黑色血管的背部，不停的噴出白色煞氣。血屍探出腦袋，在陽氣消失的地方不斷尋找食物。

其中一隻伸出手，險些摸到秦思夢的頭髮。可一口煞氣吹出，剛巧吹在女孩的脖子上。秦美女皮膚上頓時起了一層薄薄的霜，煞氣寒冷之極，可見一斑。

人類能夠停止呼吸多久，有過訓練的人，一般能持續三分鐘以上。我是一般人，拚了老命，也只能維持兩分半鐘不呼吸。

秦思夢想來也好不到哪裡去。

我們躺在地上，保持著剛剛躲避血屍的姿勢，一動也不敢動。冰冷刺骨的土貼著皮膚，難受得要命。空氣中的游離光粒子，越是靠近七口棺材的所在越少。朦朦朧朧的視線，讓離我不到十公分的血屍顯得格外猙獰。

我瞪大雙眼，剛好和自己身前的那隻血屍對上。血屍佈滿血絲的瞳，破布般的嘴，嚇得我一口氣險些噴出來。好在它沒有在意我的視線，就那樣繼續緩慢的擺動腦袋和一雙手臂。

就在我們快要憋不住時，三隻血屍終於確定目標已經消失了。它們慢悠悠的往回跳，似乎想要回到誕生自己的石蛋周圍。石蛋旁是煞氣的密集區，這些血屍似乎也有巢穴觀念。

看血屍離開，融入迷濛的空氣裡。我這才輕喝道：「呼吸，快。深呼吸。然後跑！」

說完，就深吸了一口氣。拽著秦思夢的手往七口棺材的位置狂奔。

隔著老遠聞到陽氣的血屍，發出「哈哈」的吼叫聲，立刻竄了過來。這一次不止三隻，而是變成了五隻。嚇得我們險些魂飛魄散！

不知是不是看多了，自己反而冷靜了下來。有了對比後，血屍是用屍骨拼成的這一說法，得到了證實。每隻血屍的手腳長短都不同，所以它們沒辦法走路，只能跳動。

四川工匠魏源景製作的機關獸中，塞入了血屍的說法，我嚴重懷疑是真的。

距離七星棺材陣只有三百公尺的距離。這三百公尺，我們倆足足花了四個小時。每次我們跑不了幾步就會被它們追上，幸好它們沒有智慧，才讓我們能夠藉著這漏洞求生。

在血屍追上我們的最後一刻，我和秦思夢都會屏住呼吸躲避。血屍傻子似的找來找去，然後隔了兩分鐘就會放棄。

最後，我們的雙腳終於踏上了那七層的黑狗血浮土。頓時，一股陰冷的感覺從腳底衝了上來，幾乎令人凍結。

空氣裡的陰煞和陽煞之氣被一掃而空，只剩下說不出道不明的詭異。但老五說這些黑狗血土能夠阻止血屍，似乎是真的。

一進入浮土範圍，被我們倆吸引來的幾十隻血屍，密密麻麻的圍在浮土層外，不敢走進來，彷彿黑狗血能對它們造成傷害。

「果然有效！」秦思夢鬆了口氣，一屁股坐在地上。再也不管不遠處將這不大的北斗七星棺材陣圍得水泄不通的血屍們。

我也在大口大口的呼吸，但心裡的警戒絲毫沒有放鬆，自己還清楚的記得，這七口棺材不簡單。

突然，我微微一愣，眼睛一眨不眨的看著棺材上的某樣東西，驚呼起來，「該死，這些血屍怕的根本就不是我們腳底下的黑狗血浮土。」

秦思夢打了個冷顫，顯然也意識到有些不對勁兒，「小古，你的意思是？」

「它們怕的，是棺材裡的事物！」我的額頭上冒出了冷汗。

棺材裡似乎有比血屍更加可怕的東西！就連恐怖的血屍也在害怕！

就在這時，七口棺材的棺蓋，同時顫抖了一下。猛地飛了起來！

第八章◆七星古棺

被擺成北斗七星狀的七口棺材，不停的顫抖。似乎有什麼東西想要出來。當棺材蓋上最後一根烏黑的七寸棺材釘飛出時，棺材蓋也一併彈了起來。

厚重的棺材蓋被遠遠拋飛出去，陰冷的寒意化為一陣白霧，從棺材裡散發出來。之後，棺材竟然莫名其妙的停止了動作。直到十幾秒過後，七口棺材蓋同時落地，遠遠落在幾十公尺外的地方。巨大的響聲不但嚇了我和秦思夢一大跳，也讓周圍幾十隻血屍慌張起來。

不可一世，恐怖至極的血屍如無頭蒼蠅般亂竄，似乎極為恐懼七口棺材中散發出的白霧。白霧所經之處，血屍紛紛躲避，最後竟發出嘶啞的叫喚，然後一股腦的逃了個乾乾淨淨。

我和秦思夢面面相覷，大驚失色。棺材裡到底有什麼怪物，居然那麼大的力氣，一個棺材蓋至少幾百斤，都能輕易的甩飛那麼遠？

「小古，棺材裡的，該不會是殭屍吧？」秦美女心驚膽跳的問。

「殭屍妳個頭，又烏鴉嘴。」我罵道。

怪了，附近的血屍跑完了，棺材裡的可怕東西卻仍舊沒有出現。自己可是清楚記得，我剛醒來時，棺材裡曾經有乾枯的手臂伸出來。那些手臂不似人類的，更像是某種靈長類動物。

但自己通讀過許多文獻資料，從來沒有看過，有什麼靈長類動物能夠克制血屍。何況，棺材本是埋葬人類的冥器，這個陵墓的製造者沒理由放入別的生物才對。

既然危險遲遲沒有出現，我乾脆吩咐秦思夢待在原地。自己則繼續觀察這七口棺材。上次待在這鬼地方時，由於過度驚恐，沒敢多打量，一心只想逃跑。可是在這古舊的陵墓裡經歷了如此多恐怖詭異的東西後，自己對這七口棺材留心起來。

很顯然，這七口棺材，才是這碩大古老的陪葬墓的心臟所在。設身處地的想一下，如果自己是建造者，修這麼大的陵墓只是為了陪葬的話。那麼會在陪葬的棺材裡，放進什麼呢？

不對。魏源景製造的機關獸上雖然說這是一個陪葬墓。但我怎麼想，都不覺得這陵墓符合任何朝代的陪葬墓形制。北斗七星中最老的一具棺材屬於唐代。距今大約一千三百年前。

但是魏源景是公元前兩百年前後的人物。陵墓顯然是從西楚時開始建造。可當時的西楚，對四川的管理不善。蜀道難，難於上青天，西楚的勢力，根本就無法進入蜀地。

當時的四川，其實是群雄割據。不過以當時的社會程度和落後的工藝技術，想要修建這個陵墓，絕非單純的地方勢力能夠做到。或許，陵墓其實一直都在修建，直到唐朝，才修建好。

所以北斗七星的第一口棺材，才是唐朝的。

我皺了皺眉頭，仍舊覺得自己的推理，似乎有些漏洞。我不敢太靠近那些棺材，只在原地觀看。棺材仍舊靜悄悄的，除了不斷的從裡往外冒的煞氣，就再也沒有其他的動靜。

自己和秦思夢陷入了兩難中。在這黑狗血浮土中，滿是詭異的壓抑感，不知道那就連血屍都怕的棺材中，究竟有什麼。可是出了這塊浮土，就會直接面對血屍，死到不能再死。

看來無論如何，都應該先解開作為陵墓核心的七口棺材的秘密，才能尋到一絲渺小的求生可能。

腦袋飛速轉動，視線不停的在七口棺材上掃動。這鬼地方的光粒子已經微弱到難以視物了，那層陰陽煞氣交融的雷雨雲應該正在飄遠。霧濛濛的空氣裡，無數血屍從盛放的屍花結出的果實裡蹦出，躲在黑暗中，窺視著一切靠近的血肉之軀。

我實在看不清楚，於是掏出手機，將手電筒功能打開。光亮將黑暗切割開，圓柱形的光照在最近的一口棺材上。頓時，黑黝黝的棺材表面，似乎出現了一層陰暗的陰文。

陰文吸收光線逐漸變亮，猛地露出了黃光。

自己瞇著眼睛，頓時大驚。果然是陰文！

所謂陰文，是製造棺材的工匠利用某種特殊的手藝，以暗刻與秘製漆料相結合，做出一種只能在特定的情況下才看得到的文字。這種手法早已失傳千年，根本就是傳說中才有的東西。

或許陵墓製造者希望這些棺材出土後，才讓挖掘者看到棺材上刻下的字。但是好巧不巧的是，LED的光是白光，正好模擬了太陽光線。吸收了光線的文字，立刻似投影般，神奇的浮現了出來。

看到文字的我們，同時渾身一震。

「好神奇！」秦思夢眨巴著眼，「高科技啊，小古。棺材上居然浮現出黃色的光字，簡直難以置信。建造陵墓的傢伙，難道是外星人？」

「見鬼的外星人。只不過是古人利用了光學的折射和深層陰影原理罷了。」我撇撇嘴，一臉不屑。但是內心卻震驚到難以描述。

雖然原理確實很簡單，但是現代人利用科學儀器，恐怕都能難做得到。見光後的棺材木吸收光線七色中的六色，獨獨反射出了黃色光芒。這些黃光璀璨的浮現在離棺材表面大約十公分的地方，利用人類視線的錯覺，形成了凸出的視覺效果。

文字是小篆，許多字用的是變體文，很難辨識清楚。但是我通讀了一次後，心裡逐漸有了模糊的印象。

「上邊寫的是什麼？」秦思夢見我似乎能看懂，急忙問。

「有些複雜。」我揉了揉太陽穴，滿臉苦笑。如果上頭說的是真的，事情就嚴重了。

「能有比血屍那麼恐怖的東西嚴重？」秦美女見我神色怪異，大奇道。

「怎麼可能不大條。」我環顧了四周一眼，渾身冰冷，「難怪一直都覺得奇怪。這個陵墓，哪裡是什麼陪葬墓。你妹的，明明是鎮壓墓啊！」

「鎮、鎮壓墓？」秦思夢愣了愣。

我的腦袋很亂，指著浮現在眼前的黃色陰文，輕聲道：「根據這些文字記載，公元前二〇六年，秦二世胡亥主政的年代。大豐降臨於四川，一時間屍橫遍野，死傷者百萬計。陵墓的製造者自稱吾人，這位有顯赫身世的大人物，舉五十萬民於春城西郊，發誓將大豐折殺於莽莽西崂山。」

這個棺材的陰文讀完後，我又將 LED 光照向了另一口棺材，「這位吾人下令殺死數十萬民眾，熬製屍油，命養屍人製造血屍作為陵墓守護者。深挖掘，修建了三座陪葬墓。終將大豐封印於西崂山下。」

「敬告世人，大豐萬不可放出。否則將天下大亂。歷代守陵者牢記，每三百年，屍花開滿陵墓時，必將填入棺木一具。以陽煞之氣，鎮壓北斗位……」

七口棺材記載的訊息，就在這裡斷掉了。我和秦思夢面面相覷，有些不明所以。這些文字，讀起來簡直就像是玄幻小說。

「大、大豐是什麼？」秦美女結結巴巴的問，她覺得有些毛骨悚然，「是豐年嗎？」

「屁的豐年，豐年還需要鎮壓？」我瞪了她一眼：「古人對不瞭解的，超自然的現象，從來都是以敬稱來稱呼。哪怕那些現象殺了不少人。所謂的『大豐』，對應的應該是『大凶』。而『大凶』，在四川古語裡，民俗上稱之為『階』，是天災人禍的總稱。」

「天災人禍也能封印？古人還真夠愚昧的！」秦思夢撇撇嘴。

我卻有種不祥的預感，「不對。這些文字中稱呼的大豐，是一個名詞，而不是形容詞。小篆的用詞很明確，寫的人不可能弄錯。除非，所謂的『大豐』，是實實在在存在過的東西！」

自己的話音剛落，七口棺材猛地發生了異變。一些黑乎乎的影子，同一時間從棺材中飛了出來。

我大吃一驚，下意識的用手機光芒追著那七道黑影。等自己定睛一看時，整個人完全的驚呆了。那些東西自己竟然異常熟悉，竟然是……

人類！

七個人，每個人都穿著現代的服飾。而不是棺材所屬年代的武官官服。這令我和秦思夢全都傻了眼。

天樞位置的棺材中拋出的人，穿著白色的運動服。是個男性，他身體僵硬，皮膚乾癟，皺巴巴的，看不太清楚模樣。在空中往上升了一小段距離後，又重新掉回棺材裡。

我和秦思夢對視一眼，同時看出了對方眼中的震驚。

「那件衣服我認識，是咱們大學籃球隊的制服！」秦思夢連聲音都在發抖。

我皺了皺眉頭，「該不會……」

話沒說完，自己已經完全顧不上危險，拔腿就跑到唐朝的棺木前，探頭往裡邊看。

手裡的手電筒將棺材中的情況照得清晰無比。棺材內部沒有任何腐朽的痕跡，也沒有任何味道。密封狀態良好的木質內，盛滿黑漆漆的液體。那些液體我極為熟悉，是吸收了陰陽煞氣的屍油。

剛才被拋出棺材的屍體就半沉半浮的漂在屍油上，它肌肉組織和皮膚的水分已經被屍油中的毒性逼出，所以表面乾癟，腦袋上居然還貼著一張怪模怪樣的紙符。仔細看，我終於在腦子裡勾勒出了這個人曾經的容貌來。

「是混蛋周偉！」秦思夢捂住嘴巴，大驚失色，「沒想到他居然已經死了。」

雖然周偉陷害過我們，將我們當成活祭品，誘騙進那個詭異的洞穴裡獻祭。但是真的親眼看到他死亡，心裡還是有種兔死狐悲的不舒服感。

「這傢伙不是失蹤了嗎？」秦美女完全想不通，「怎麼跑到這口唐朝棺材裡。」

我沉著臉，思緒紛飛。周偉背後的黑手，顯然早就算計好了。不知道歷代武官棺材中的原主人被那個混帳扔到哪裡去了。怪了，那傢伙將周偉丟進北斗七星位的棺材中，究竟又有什麼陰謀？

最怪的是，棺材裡的是周偉這個普通人類。那些靈長類動物的手臂跑哪去了？而血屍，究竟又在怕什麼？

既然周偉在這裡，那棺材一共有七口。莫不會，其餘的六口中，同樣也是別人？

一想到這，我就頭皮發麻。深感事情越來越不簡單，「走，看看別的棺材去。」

「咦，等一等，這是什麼東西？」正要離開的我，被秦思夢一把拽住。她指著棺材內壁一處不顯眼的凹陷。

我小心翼翼的探出手，用鑰匙在凹陷處輕輕敲了敲。頓時一股空洞的回聲響了起來，「是個暗格！」

自己更加小心了。我很清楚的知道那些屍油有多毒，那可是沾上一丁點就能要人命的恐怖東西。提心吊膽的把暗格打開，我和秦思夢再次大驚，甚至驚訝到石化。

暗格不大，但是卻異常詭異。因為裡邊居然有兩樣東西。一樣是我從詭異洞穴中得到的人皮書的其中一張。而另外一樣，讓我極為不安以及恐懼。

那，竟然是我和秦思夢的照片！

周偉的屍體被扔進唐朝棺木的原因我都還沒弄清楚，現在又乍一看到自己的照片。整個人頓時不好起來。我倒吸幾口冷氣，腦袋如同亂麻般不知所措，我實在不明白，整件事背後的主謀者，幹嘛一定非要咬著我和秦思夢不放？

難道我們身上，真的有某種自己都不知道的秘密？曾經我以為可能與自己和秦美女的生辰是至陽至陰有關。但是查閱了許多資料後，才發現根本不是那麼回事。

而看到了這個所謂的鎮壓墓後，更加迷茫了。

鎮壓墓中陰煞陽煞充足，根本不需我們。那個混蛋，那個養屍人，究竟想要拿我們當作什麼籌碼？

大豐！他們的目標顯然是封印大豐的主墓。難道我們身上隱藏的秘密，和大豐墓有關？

自己的事情自己清楚，雖然我喜歡民俗學，但是和什麼兩千多年前的古墓封印根本就扯不上任何關係。自己都不瞭解的東西，憑什麼別人比我更清楚？

格老子，資訊量太大，弄得我都快要瘋掉了！

我滿臉的不能接受，和秦思夢一起一個接著一個順著北斗七星的正位順序檢查起棺材。果不其然，每一口棺材中，都有一個我們熟悉的人。這些人就是陷害過我們的周偉那夥人。他們屍體的腦袋上，全都貼著一張怪模怪樣的紙符。而且棺材的暗格中，也都有一張人皮書，以及我和秦美女的照片。

天樞位是周偉。

天璿位是張明。

天璣位是張曼。

天權位是孫斌。

玉衡位是錢東。

就連開陽位的棺材中，都放著從電梯廂裡詭異落下，摔得屍骨無存的李昌。他的屍體仍舊殘破，但卻被人用一種奇怪的絲線縫過。

從玉衡位開始，就缺少了人皮書。一共缺了三張。我和老五手中倒是有兩張，另外一張，不知所蹤。

我皺了皺眉，從人皮書不規則的樣子看，確實應該有七張左右。或許一直都貼在這些北斗七星的棺材上，不過因為某種原因，老五的祖先取走了一張。

而其餘的也陸續丟失。

人皮書有重新貼過的痕跡。應該是設計陷害我們的黑手的勢力將其再次找了回來。他們將人皮書貼回去的目的，必然和大豐墓有關。

「如果猜得不錯，瑤光位的棺材裡，應該躺著死女人李欣。」秦思夢滿腹複雜的苦澀感。對李欣這位曾經的閨蜜，她想她死，又不想她死。

我們走過去，往裡看。兩人同時愣住了。棺材裡並沒有如我們所料那樣，躺著李欣的屍體。甚至棺木底部，也沒有代表死亡的屍油，而是乾乾淨淨的。一個模樣狼狽的男人躺在棺材裡，閉著眼睛，呼吸聲粗重，似乎並沒有死。

「孫猴子！」我一愣，然後驚呼道。

秦思夢更是吃驚，「你認識這個男人？」

「認識，豈只是認識！」我驚悚不已。孫猴子孫喆，是春城的醫生，他被養屍人害得只剩下幾天的命。本來跟我到茅坪村尋找活命的辦法，但是沒想到茅坪村外的飛地，也是個陷阱。

我們被小女孩變成的活屍沖散，本以為他逃掉了。沒想到比我更慘，居然被活生生扔進棺材裡。

「他叫孫喆，是我的同伴。」我簡單的介紹了他後，便皺著眉頭，打量了裡邊幾眼。幸好最後一具棺材不知出了什麼問題，裡邊沒有屍油，否則他就算沒死，也會被屍油融掉，變得和周偉六人一樣。

怪了，按理說這個棺材中的人應該是李欣才對。李欣那死女人哪去了？自己一直覺得她心機重。這個世界，也只有心機重的女人能活得很好。可是心機再重，光憑一個手無縛雞之力的女孩的能力，真的能躲過她背後那個陰險毒辣的傢伙的陰謀詭計？

秦思夢同樣也很驚訝，她有些無法理解，「難道李欣沒有死？不可能吧，憑什麼周偉那六個人都死光了，就唯獨她還活著？」

我沉默了一陣，「我也搞不明白。總之孫猴子被扔進棺材裡，恐怕和李欣逃脫了那個勢力的掌握有關。他明顯是臨時被用來代替李欣的。」

從死掉的周偉等人，我能感覺出來那個勢力在佈一個局，一個很大的局。陰謀的最終目的，或許便是找到大豐墓的主墓。古代的陵墓修建者，一共修建了三個鎮壓墓。既然這個墓地是七陰絕煞的風水格局，那其餘兩個，又是何種凶險的所在呢？

貼在棺材裡的七張人皮書，又有什麼功能？

老五說自己是這座鎮壓陵墓的守陵人，我覺得並不是空穴來風。親眼看過血屍後，就發現他們村子中千古祭拜的菇神，活脫脫就是血屍的模樣。老五藏在心裡的秘密，隨著秦思夢將其推向血屍，恐怕已經徹底湮沒在他被吞噬的屍骸中了。

暗暗嘆了口氣，我想來想去，決定先弄醒孫猴子再說。將他帶入陵墓，扔進棺材的傢伙，似乎並沒有智慧。否則也不會沒注意到最後一口棺材中早就沒有屍油了。

那個勢力的人沒有親自派人進來，是沒膽，還是別有緣故？我不清楚，也就不打算繼續思索下去。將手伸入棺材，摸了摸孫喆的脖子。有脈搏，跳動得還算穩定。

「靠！居然是睡著了！」我大罵一句，滿臉怪異的神色。

是要多粗壯的神經，才能在棺材裡睡得如此香甜啊！這天然呆的混蛋八成剛開始被嚇暈過去，醒來後見推不開棺材蓋，便索性用鑰匙在棺木的其中一側自己跟自己玩起了……

五子棋！

下無聊了，乾脆打了個大哈欠睡起了大覺。

看著棺木的右側畫著有模有樣的五子棋格子，秦思夢頓時也覺得哭笑不得，「小古，你的這位朋友，腦子是不是有問題？」

「他媽生他的時候八成缺氧，弄得這傢伙的大腦發育不良。所以做事老是秀逗。」我咬牙切齒的很不爽。老子在這個陵墓裡經歷了好幾次九死一生，這混蛋倒是好，睡得多香甜。

一邊說，自己一邊一巴掌狠狠搧了上去。孫猴子的臉上頓時浮出五根紅色指頭印，將他的好夢打得支離破碎。

「格老子，誰敢打哥子！」久違的川話從孫猴子的嘴裡蹦出來，他睜開眼睛，迷茫的四處瞅。過了好久才反應過來，慢吞吞的盯了我一眼，「古老兄，胎神[2]哥。你幹嘛打我？」

「你才胎神，你們全家都是胎神。猴子，你自己看清楚自己現在在哪？」我大罵一聲。

粗神經的孫猴子揉了揉亂糟糟的頭髮，藉著我的手機光芒終於發現自己沒有在他溫馨的小家裡，周圍只有陰森森的黑暗和壓抑的空氣，以及七口可怕的棺材。

「啊！啊！啊！我他媽的，這是在哪啊！」

他的神經終於通了電，發出一聲慘叫！

我一拳頭敲在這白癡的腦袋上，罵道：「別死叫活叫的，難聽死了！」

猴子的叫聲戛然而止，他連忙從棺材中爬出來，一頭冷汗，「兄弟夥，給哥子解釋一下！」

我氣不打一處來，將進入陵墓後的事情，以及自己的猜測原原本本的講了一遍。

猴子扣了扣腦殼，一臉害怕，「兄弟的意思是，如果這最後一口棺材裡有屍油，哥子明天就找不到腦袋洗臉了？靠，大難不死必有後福。」

2 胎神：川話，其中有罵對方是神經病的意思。

「後福我不清楚有沒有，不過，總覺得有事情要糟了。」我眼皮突然跳了幾下。隨著跳動的，是擺成北斗七星的七口棺材。

孫喆從最後一口棺材爬出來後，似乎某種平衡被唐突的打破了。原本安安靜靜的擺放在七層黑狗血浮土上的棺材顫抖起來。棺材中的屍油晃動不止，漂浮在屍油上的周偉等人的屍體，因為棺材跳動得太猛烈，而不斷從棺材中被拋飛出來。

這陣變故，看得我們三人目瞪口呆。

只聽見一聲雷鳴般的驚響，棺材中的周偉等人再次被拋向空中，可這一次它們猛然睜開眼睛，像是活過來了一般。六對眼睛，每一隻眼，都直勾勾的朝我們看來。看得我們不寒而慄。

死掉的人還能復活，怎麼想都違反了科學。

話說棺材中的屍油也是奇怪，無論怎麼折騰，它硬是一滴都沒有濺出來。睜開眼睛的異變屍體重新落入棺材中，它們不約而同的抬起身體，半坐在屍油中，瘦骨嶙峋的手抓住棺材壁，似想從棺材中跳出來。

棺材壁在手骨的抓撓下，發出刺耳的摩擦聲。

可是剛一往外跳，放置人皮書的暗格中就飄出一絲陰煞白霧，這時，屍油裡突然伸出好幾隻乾癟的靈長類生物的手臂，活生生的將這些變異的乾枯屍體給拽了回去。

我、孫喆和秦思夢都被眼前的詭異景象嚇到了。好半天才回過神來。誰知道這些昔日的同學，現在的變異活屍真的跳出棺材了，會幹什麼恐怖的事情。但怎麼想都覺得不會是好事。

該死的，兩千多年前的古人修築的鎮壓墓太凶險了，每個變化都能要人性命。這完全是不想讓人活著出去的歹毒法子。大豐主墓封印的「大豐」真的那麼重要可怕嗎？那所謂的「大豐」究竟會是啥？古人如此拚命將其封印，那玩意兒絕對不是好東西。可這種東西，周偉背後的勢力，居然想要圖謀。難道大豐墓中，有他們就算是死，都想得到的東西？

突然，我打了個顫。一股陰冷感從腳底爬上了頭頂。

棺材中的活屍，明顯被人皮書壓制。可該死，明明有三具棺材中沒有人皮書。其中最後一個棺材不需要理會，那麼另外裝著錢東和李昌屍首的棺材呢？

剛想到這，我就感覺一股冰冷的呼吸，似乎落在了脖子上。自己毛骨悚然的回過了頭去……

第九章◆陰煞之屍

背後，離我脖子只有三公分距離，是張如一堆爛肉般的臉孔。李昌的五官早就被摔得支離破碎，卻好死不活被人用某種動物的筋縫合起來。它的眼睛變形了，嘴巴偏到臉的右側，破布似的鼻子吊在上嘴唇上，顯得格外恐怖。

李昌乾癟的身體吃力的撐著骨架，站在地上。它離開屍油後不停的粗喘著氣，白色的陰寒煞氣從它嘴裡噴出，污染了我的視線。

額頭上，那張詭異的紙符，仍舊貼著，無論它怎麼動都沒有絲毫要掉下來的跡象。這張紙符上的鬼畫符很眼熟，似乎在其中一隻血屍的腿上見過，不過兩張紙符的筆劃倒是略有不同。

我緊張得要死，動也不敢動，脖子上起了一層雞皮疙瘩。李昌泛白的瞳孔一眨不眨的盯著我，它的視線裡沒有絲毫感情色彩。自己手中的光源，成了唯一能夠照亮周圍環境的器物。

自己不敢掐斷光，誰知道這些變異的屍體能否在黑暗中視物。沒有了手電筒照明，我就只能等死了。

李昌殘破的屍體只是打量著我，不停用歪掉的鼻子在我身上嗅來嗅去。另一邊的秦思夢也遇到了險境。錢東的變異屍身同樣活了過來，它的指關節發黑，指甲很長。在光線下，反射著鋒利的寒光。

變異的死屍伸出指甲，在秦思夢的脖子上剮蹭著。嚇得秦思夢根本不敢動彈，也不敢開口驚叫，一滴滴的冷汗不停往下落。

活過來跑出棺材的死屍只有兩隻，反而是猴子沒有被光顧，他不知所措的揉著腦袋。同樣不敢開腔。

如死的寂靜，流淌在這冰冷的空間裡。我們心裡都很清楚，死亡隨時會降臨。別看現在那兩隻死屍還沒開始攻擊，但一旦輕輕動動爪子，我和秦思夢的腦袋就會如麥子般被割下來。

周偉等人，顯然在被黑手勢力殺死後，養成了某種活屍。至於為什麼會被放入鎮壓墓最關鍵的七口棺材中，自己稍微有了些猜測。這個局，早就開始佈網了！是我太笨，一直都沒有看清。

突然，我愣了愣，想起了些東西來。

我靠！李昌六人腦袋上貼的符咒，自己還真認識。圖書館中一本記載民俗類符咒的書裡，曾經對此有過描述。那是一種陰煞符。只有煉製陰煞屍的時候，才會貼在屍體的腦袋上。

所謂陰煞屍，科學的一點講，就是人體死亡後吸收了大量特定土地中的陰寒之氣和礦物質，應運而生的活屍。人雖然死了，但是卻能行屍走肉的移動。它們對一切活物都不感興趣，只吃屍體。好吧，科、科學你個頭。死人能動就已經夠不科學了，好不好。

老子完全被陵墓中層出不窮的鬼東西給搞暈了腦袋。

但難怪血屍會恐懼。這些龜兒子本身就是血屍的剋星，拿血屍來當零食吃的。那些黑手弄出陰煞屍來，是想將鎮壓墓中的血屍吃光嗎？

不對！總覺得哪裡有問題。我皺著眉，猛地大驚。那些人，是想將整座鎮壓墓都破壞掉。陵墓修建者曾經提及，每三百年，屍花開遍陵墓時，就需要放入一具陽氣重的屍體，鎮壓北斗位。

歷代的武官，他們自幼習武，位高權重，確實是極好的陽氣導體。這種人就算死了，屍體裡也蘊藏著極強的陽煞之氣。

但是陰煞屍，卻滿是陰氣。這不擺明了想要破壞鎮壓墓的平衡嗎？陽煞陰煞，雖然只差了一個字，但卻是截然不同的兩樣東西。如同電流的陽極和陰極。一旦弄錯，就會出大事。

陵墓被破壞了會怎麼樣？我不知道，可絕對不是好事！不行，誰知道那些混帳們還有沒有後手，我必須儘快逃離這裡！

陰煞屍雖然不吃人，但是並不代表不會攻擊人。

我的身體保持不動，眼珠子骨碌碌的轉個不停。李昌和錢東這兩隻陰煞屍自從踩在七星棺材陣的七層黑狗血浮土上後，由於陰煞與黑狗血犯沖，腳底不停地往外冒出黑煙。

頓時，我心裡有了個計謀。

「猴子、秦美女，挖土。把這兩個怪物埋進去。」我大叫一聲，吸引兩隻陰煞屍的注意後，拔腿就逃。

浮土層很鬆軟，就算是用手挖，也能很輕易的挖出洞來。我的叫喊顯然打破了對峙，猛然間吸引了陰煞屍，它倆長長嘶吼了一聲，向自己攻了過來。

我險之又險的在地上打了個驢滾，躲開後，跑出七星棺材的範圍。陰煞屍雙腳僵硬，跳動的速度不快，但是每一次跳躍就是三公尺遠。高高跳起，然後又高高落下。我躲避得很驚險。

黑暗中的血屍聞到了生人的氣味，但是生人背後跟著兩隻剋星，只好哀嚎著不敢出來。果真是一物降一物，本來還死死黏著我不放的陰煞屍感覺到周圍有血屍存在。居然放棄追我，筆直跳入前方的黑暗裡。

我愣了愣，心底竄出一股劫後餘生的害怕。往回跑時，秦思夢和猴子正拚了老命挖坑。

「別挖了，那兩隻陰煞屍跑去吃零食了。」我聳了聳肩膀。

猴子看著自己黑乎乎，臭氣熏天的手，滿臉鬱悶，「格老子，哥子挖了那麼久，結果屁用都沒有嗉。」

「沒得用最好。我們還是先想辦法逃出去再說，陰煞屍吃飽了就會回來。到時候我們還是得死。」我皺著眉頭，從身上掏出兩張人皮書，準備貼到剩下的幾口棺材上。既然人皮書不知基於哪種原理，能夠將棺材中的屍體拉拽住。那麼應該能制得住跑出來的兩隻陰煞屍才對。

摸索了一陣，結果一個黑漆漆的盒子從懷裡掉了出來。我眨巴著眼，好半天才想起，這個盒子是從機關獸的肚子中挖出來的。記得那個機關獸中同樣探出過幾根靈長類動物的乾枯前肢，難道？

我猛地將盒子打開，裡邊果然靜靜的擺放著一張人皮書。這些怪異的人皮書，似乎總能和那些靈長類動物的乾枯前肢扯上關係。到底是什麼緣由呢？老五曾說過，人皮書是從菇神身上剝下來的皮膚。

如果他嘴裡世代傳承的菇神真的是血屍的話，應該不可能有如此神秘的超自然能力。血屍滿陵墓都是，除了攻擊力驚人，就沒什麼大不了的了。或許這用來製作人皮書的皮，另有來源。

不過這樣一來，七張人皮書就集滿了。我有些好奇，如果將人皮書重新貼回七口棺材上，會發生什麼驚天地泣鬼神的大事？

「一人一張，把它貼回去。」我將其中兩張人皮書遞給猴子以及秦思夢。由不得我猶豫，跑出狗血土的範圍是死，留下來也會被陰煞屍攻擊。還不如將人皮書貼上去，看能不能搏出一條生路。

自己一行三人，也只剩下這一個選項了。

我們剛要行動時，兩隻陰煞屍似乎追趕著什麼東西，又跑了回來。

「該死！」我大罵一聲，連忙招呼背後兩人躲到棺材後，也不管有用沒用。陰煞屍越來越近，它們高高跳躍的身影下，有一個胖乎乎的黑影。那個黑影跑得也算快，似乎魂都給嚇掉了。

我定睛一看，倒抽一口冷氣，「我靠！居然是老五。」

「老五居然沒死，他命真大！」秦思夢眨巴著眼。

「我看不是他命大，而是他手裡有什麼好東西。老五自稱守墓人，兩千年的傳承裡，絕對有能從血屍嘴巴裡逃命的玩意兒。」我皺了皺眉，抽出了手槍。槍枝打小怪物沒用，但是用來威脅同類，倒是異常的方便。

老五一邊朝北斗棺材陣跑來，一邊使勁兒揮舞著手裡的一樣物件。那東西在黑暗中泛著閃閃金光，異常顯眼。

陰煞屍每次靠近，都懾於那些金色光芒的威脅，身體僵直的愣了愣。老五這才得以逃脫。他的目的似乎很明確，就是這七口棺材的位置。

「他手裡的東西，我似乎在哪本書裡見到過！」我一眨不眨的看著老五手中方方正正的薄片，陷入沉思中。

「古老兄，要不要陰他一下？」孫喆也掏出了手槍。

我搖頭，「不用，看他究竟想幹什麼。」

陵墓裡的一切，全是自己前所未聞的領域。這些屍花、血屍，人皮書、陰煞屍，乃至於老五手裡金光閃閃能震懾活屍的薄片，全都是只有在偏門的民俗學書本上，像是神話故事般寥寥記載過幾筆。

無論如何，對於未知，都要小心翼翼。否則定然會落得死無葬身之地。

持續了一陣子，陰煞屍覺得接近不了老五，便又跳回去捕捉血屍當零食吃。老五摸了一把額頭上的冷汗，偷偷摸摸來到棺材陣前。

他點燃一根火把，斜斜的小眼睛裡精光四射，眼珠子骨碌碌的轉個不停，突然，正在前進的他猛地停住了腳步。

「古兄弟、秦女娃，我曉得你們倆在這裡。不用遮遮掩掩了，出來嘛。」老五慢吞吞的，大聲喊道。

我一把拽住秦思夢，要她千萬別說話。這混蛋明顯是在唬人。

「秦女娃，我不怪妳把我推出去。人之常情，誰都是自私的。換我，我肯定也會把妳推過去。老子也是怕死的啊！」老五唏噓了一陣，將手裡的金色薄片揣入懷中，摸著手裡的彈弓自顧自的說話：「我都說不怪你們倆了，別裝了，出來吧。你們不就躲在棺材後邊嗎？」

猛然間，我彷彿抓到了一絲靈感。老五的話似乎有些多。他在幹嘛？拖時間？還是說，他真的發現了我們幾個人？

老五彈弓一擺，突然射出了幾個彈丸，「你們，三個人都出來吧！」

「該死！猴子，射他的腿。」我大喊一聲。行蹤顯然是暴露了。這混蛋果然明顯在拖時間，「這傢伙的目的是人皮書！」

「嘎嘎，晚了！古小夥子，你娃聰明是聰明，就是容易想太多。」老五用刮鍋底般的粗糙聲音大笑。這混蛋應該從小就摸著彈弓長大，他發射出去的彈丸一共七顆，每一顆都精準無比的射在一口棺材上。

彈丸各自黏住了人皮書。

老五順手一扯，彈丸上隱藏的透明魚線頓時往回捲。棺材上的人皮書瞬間全落入了他手中。

沒有了人皮書的約束，剩下四口棺材中的陰煞屍也搖晃著，從屍油中跳了出來。老五煞是得意，正準備雙腳抹油開溜。

說時遲那時快，一陣地動山搖，搖得人頭昏目眩，根本來不及反應。隨著轟隆隆的巨響，所有陰煞屍都趴伏在地上，一動也不敢動。我們被搖得七零八落，腳底下的七層黑狗血土不停的散落，地面似乎正在往上升。

不是錯覺，地面確確實實在向上移動。我震驚的向後看了幾眼，移動的只有七星棺材陣的位置而已，其餘的地方仍舊一動不動。高聳的地方，成了越來越高的土台。

隨著土台的升高，高達五公尺多的陵墓封土層也開始向下陷落。直到陷落出了一個凹槽。

凹槽外極為明亮，是陽光！

久違的，陽光！

一連串的變故，驚得土台上的我們四人無法動彈。土台升高，最終停了下來。周圍是黑漆漆的潤土，土上寸草不生。果然是茅坪村外那塊詭異的飛地。

七口棺材安安靜靜的躺在黑色土地上，被風一吹，寒氣四溢。沒有遮蔽的飛地上空，太陽剛巧炙熱的照射下來。黑狗血土一吸收陽光，就冒出了大量白煙。七口黑黝黝的棺材中，屍油化開，遇熱便劇烈的沸騰。

本來完整無缺的棺材上，浮現了大量的黃色文字。這些文字根本來不及細看，就隨著棺材的突然瓦解而消失得一乾二淨。

不錯，七口棺材由於吸納了太多陰煞氣，遇到陽光就土崩瓦解了，最終就連殘木都化成了一灘濃黑的水。土台上剩下的四隻陰煞屍哪裡經得起太陽的熏烤，它們「嗷嗷」怪叫著，蹲在地上，身上的骨肉不停的起泡變形。

陰煞屍額頭上的紙符最先承受不住，活活變成了一團火燃燒起來。

紙符燒盡後，陰煞屍的皮膚便破裂開，惡臭味的膿水不停的往外冒。沒多久周偉四人的屍體，就只剩下了一堆白森森的骨頭。

我、孫喆和秦思夢三人面面相覷，許久都沒有反應過來。作為普通的人類，在一個恐怖的陵墓中遇到了如此多的詭異遭遇，現在又毫無心理準備的暴露在陽光下，竟沒有莫名其妙逃出的劫後喜悅。這種落差感，讓我頭腦有些轉不過來。

老五顯然也愣了很久，等明白了是怎麼回事後，這個中年人根本就沒有遲疑，拔腿就逃。

「格老子，想跑哪裡去！」孫喆大罵道，揚手就開槍。不過這哥子的槍法比我還爛，打空了子彈都沒擦中老五的衣角。

聽到槍響，老五跑得更快了。

我平復一下心緒，舉槍瞄準，不停的扣動扳機。這塊茅坪村飛地，實為鎮壓墓的封土層。偌大的範圍根本就草木無生缺乏遮蔽，更何況老五離我們三人並不算太遠。

說起來這槍的準度真的很差，連續開了好幾槍，就在我都快要放棄時。老五應聲倒下。居然瞎貓碰到死耗子，讓我給打中了。

「你個仙人板板，姓古的，老子跟你沒完。」還沒等我們撲過去，老五這命硬的傢伙又爬了起來。他一邊大吼大罵，一邊繼續逃，很快就跑得沒影了。

秦思夢氣到不行，「這混蛋從小是搬磚長大的嗎，跑那麼快？」

「老古，咋個辦？」猴子扣了扣腦殼：「還追不？」

「追個屁，人都跑沒了。」我聳了聳肩，並不是太在意。

秦美女一臉不爽，「那傢伙明顯知道不少事，他臨走還偷了人皮書，完全不知道想要拿去幹嘛。」

「這些都不重要，重要的是，他最後肯定會主動回來找我們。」我冷笑兩聲。走上前，從剛剛老五摔倒的地方撿起了一樣東西。

「那蝦子[3]會回來找我們哥幾個？莫不是說笑哦？」孫喆眨巴著眼。

「肯定會的。」我將那東西舉到眼前，藉著陽光仔細瞅。那是一張金色的薄片，很輕，完全不知道是什麼材質做成的，被太陽一照就熠熠生輝。就這東西，居然會令陰煞屍害怕。

[3] 蝦子：川話中有膽小鬼的意思。

秦美女和孫喆見這玩意兒漂亮得很，都上來看個不停，驚嘆道：「黃金做的？」

「不是黃金，太輕了。而且也沒黃金那麼柔韌。」我說著，用力將這金色薄片折了折。別看它很薄，只有零點一公分厚。可是無論我用多大的力氣使勁兒掰，也沒能將它掰彎。

「怪東西！」猴子評價道：「老五會因為這怪玩意兒主動過來找你？」

「肯定會。」我在腦海中尋找著金色薄片的資料，突然想到了某樣東西，頓時震驚不已，甚至臉色都激動到蒼白起來。

秦思夢也覺得我的話不可信，「老五膽子小，他知道我們想從他身上挖掘出線索。總覺得他一直因為某種原因，在替陷害我們的勢力工作。我們又想在他身上找線索，他不拚了命躲我們才怪，怎麼可能主動跑出來。」

「不一定，因為這東西實在是太重要了！」我撇撇嘴，強壓下內心的驚訝。自己終於想起了這玩意兒究竟是啥了。可，這怎麼可能！難道這種傳說中的玩意真的存在？

「因為這金色薄片非常不簡單。它在四川自古流傳的民間故事中有一個語焉不詳的名字……

「天書！」

第十章◆狗頭崖

在四川民間傳說中，所謂的天書很複雜，甚至難以用語言來描述。實際上我手中拿著的，應該只是一張殘片罷了。

從茅坪村飛地下方的鎮壓墓逃出來後，我們三人一刻都不敢停，跑回了茅坪村。中途打開手機校準了時間後才知道，原來真的過去了兩天多。而秦思夢在陵墓中待得更久，足足四天。

猴子孫喆身上，那詭異的頭髮散發出的毒素，又朝心臟的位置靠近了一些。他的命，只剩下不足四天了。

時間，不夠啊。背後的勢力，絕對沒那麼簡單。雖然我和秦思夢已經從他們的陰謀中逃脫了兩次。但是誰知道他們會不會還有後手？這些混帳一直莫名其妙的死盯著我倆不放。

不將他們挖出來，消滅掉。我和秦思夢就連睡覺都不踏實。寢食難安的感覺實在太難受了。

茅坪村飛地上，兩天前，一個李姓村民因為貧窮違背祖訓將自己女兒的屍體葬在陵墓的封土層，從而引起了屍變。試圖想要燒掉變異女屍的村民死了不少，家家戶戶都有靈堂，哭天喊地的聲音至今不斷。

我們一行人不想節外生枝，便沒有太靠近村莊。開來的破爛越野車還留在原地，我將其勉強修好後，這才迅速離開了那詭異的陵墓範圍。

回去的路還算順利。我們不敢回家，找了家旅店洗過澡後，我、秦思夢、猴子聚集到餐廳，一邊拚命的朝嘴巴塞食物，一邊討論著今後的計畫。

這次出生入死，不只保住小命，還從巨大的鎮壓墓裡得到三張人皮書，以及一片天書殘片。吃完飯的我們，看著窗外的夜色沉默了一陣子。

旅店的旋轉餐廳外車水馬龍，霓虹燈閃爍著五顏六色的光。繁華的人類世界漂亮得耀眼。在黑漆漆的陵墓裡待久了，就是這平凡的景色，都會令人無限感動。

過了許久，秦思夢才打破了寂靜，「小古，說說天書殘片的事吧。我對它挺好奇的。」

「我也好奇！」猴子大剌剌的朝嘴裡灌了一口啤酒，附和道。也只有這種粗神經的傢伙，才能在生命倒數計時的情況下，保持著樂觀的心態。

我用兩根指頭將天書殘片夾起來，皺了皺眉頭，「自己之所以知道它的存在，也是因為機緣巧合。唉，該從哪裡說起呢？」

天書殘片反射著燈光，隱魅，悠遠。金黃的顏色哪怕是承受了無數時間的洗禮，依然光潔如新。不仔細看，還以為我拿著一塊薄薄的塑膠片。不起眼得很。

可就是這東西，令我極其為難。要從廣闊的四川歷史神怪傳說中將它的前因後果闡述清楚，我自認做不到。這東西神秘得很，其實自己都搞不太清楚，它到底是什麼，又有什麼作用。又是怎麼落入老五手中，和茅坪村飛地下的可怕鎮壓墓扯上關係的。

「還記得周偉講過的故事吧，七十七年前，四川大旱。灌縣保安隊長趙洪和他的表弟周明，從一個餓死的盜墓賊屍體上，也曾找到過這麼一張天書殘片。」我摸了摸腦袋：「而我最早注意到這東西，是在三年前。」

「那一年，有個新聞說，位於峨眉山深處的一個叫做園花村的小村子。村外有一座高山，海拔兩千多公尺的高山上有處險峻的山崖。就是那個山崖上，發現了一塊神秘的東西……」

三年前。園花村狗頭崖。

狗頭崖人跡罕至，因為那個山崖實在太險峻了，就算是當地的村民都很難爬上去。所以哪怕是放羊，牧羊人都會繞著狗頭崖，只吃山坡下的草。

況且，當地人對狗頭崖的神秘充滿了敬畏。

據說狗頭崖上有件奇物。千百年來，那樣奇物都是附近村民，甚至遠在幾個山頭外的鄉外人供奉的對象。誰家有人得了絕症，人們就會找家中一位身強力壯的小夥子，爬上狗頭崖，對著那件奇物磕頭、燒香燭紙錢祈福。

每次攀爬狗頭崖，都是一次對生命的賭博！

趙紹光帶著自己二十三歲的侄兒來到狗頭崖下的山坡，抬頭看向高聳的致命懸崖，捂著嘴使勁兒咳嗽了幾聲，這才微微嘆了口氣。

他今年四十三歲，算是身強力壯的年紀。可是長年在田裡勞作的他，因為一次意外染上風寒後，得了肺結核。

從此之後，頂樑柱再也幹不了重活，家裡也翻了天。收入日漸下降，日子也越過越窮。實在受不了的妻子，在一個黑夜，偷偷收拾了家裡僅剩的儲蓄後，扔下他跟十歲的兒子跑掉了。

本來就情況不佳的家庭，因為妻子的離去而陷入地獄。窮困潦倒並不算什麼，最可怕的是，屋漏偏逢連夜雨。和自己的兒子相依為命的過了好幾年，還好兒子懂事，心疼父親，田地裡的活都用自己細弱的肩膀攬了下來。

也不知道上天是不是故意看他們家的笑話，嫌他趙紹光家還不夠淒慘。不久前兒子也倒了下去，送到醫院一檢查，是白血病。

趙紹光腦袋頓時一陣恍惚，他簡直要瘋了！

白血病在現代的醫療技術下不是絕症，但絕對是富貴病。哪怕是第一次治療的錢，趙紹光也拿不出來。更何況今後還要面臨骨髓配對，做移植骨髓的手術。這一切的一切，都要花上對他們貧窮家庭而言，簡直是天文數字般的金錢。

哪怕把他趙紹光賣了，也實在湊不出那麼多錢。園花村是遠近聞名的窮村，村裡親戚同樣沒錢可借。不得已之下，趙紹光將十三歲的兒子從醫院揹回四處漏雨，破爛不堪的家。

看著頭髮已經掉光，一邊呻吟，一邊還要強壓住難以忍受的痛苦，以免自己擔心的兒子。趙紹光一聲不吭，當夜提著柴刀到村外砍了許多麻花稈。藉著家中微弱的燈光，編織了好幾捆長長的草繩。

天不要人活，不敢逆天，那就去求摸得著的神明。

窮苦人家也只有這麼一丁點為自己的人生抗爭的想法。雖然體力不支，但是趙紹光已經沒有別的選擇了。

他準備第二天一早，就去爬狗頭崖。

村裡俗語說，攀爬狗頭崖，一命換一命。可想而知狗頭崖究竟有多凶險。別說趙紹光得了肺結核，就算是健康的青壯年，一不小心都可能掉下去，摔得身首異處，死無葬身之地。

所以他只敢瞞著兒子去。

但是當他一揹著繩子往狗頭崖的方向走，全村人就都明白了。侄子趙金不知為何，非要跟他一起上去。自己這侄子算是個有大出息的人，村裡第一個走出去的大學生。據說畢業後進入了什麼勞什子的考古部門。

多一個人壯膽，趙紹光不安的心稍微安穩了些。他不是怕死，而是怕自己死後，沒人照顧他的兒子。

「叔，都說狗頭崖上有件奇物。但是每個上去過的人都語焉不詳，不想提起。真是奇了怪了。」侄子趙金一邊看著高聳的狗頭崖，一邊整理草繩子，「聽說叔年輕的時候曾經上去過一趟？」

「去過，去過。」趙紹光將繩子的一端牢牢捆在腰桿上，另一端綁在凸出的岩石筍上，打了個死結。他就算急得很，也沒有慌著馬上就上去。爬狗頭崖需要技巧和冷靜，最重要的，是看天氣，「二十多歲，跟你差不多大時。替三奶奶的兒子上去過。」

「三奶奶的兒子，是趙狗兒？」趙金奇道：「那叔今年已經五十多歲了，身體硬朗得很，每天都要喝五斤白酒。不像染過重病啊！」

趙紹光掏出一根旱菸管，點燃抽了兩口，「你不曉得。趙狗子二十多年前，曾經撞過邪。先是鬧肚子，然後大吐特吐，吐水、吐血，最後就連內臟都快給吐了出來。可怕得很。」

「眼看肚子裡的東西都要吐掉了，三奶奶到處求人問醫，村裡的赤腳醫生根本沒辦法。只讓她家準備後事，說趙狗子撐不過兩天。可你曉得，三奶奶家只有這根獨苗。她哀求人替自己的兒子去爬狗頭崖祈福。沒人敢答應。要知道，爬狗頭崖可是要賭命的。」

「當年的我還年輕氣盛，看三奶奶可憐得很，二話不說，揹著一把土香，一聲不吭就去了。」趙紹光磕了磕菸鍋巴，臉色有些陰鬱，「說來也怪，在那狗頭崖上的奇物前磕頭跪拜，燒香祈福後。趙狗子當晚病就全好了，沒事人似的。」

人年輕時總會幹熱血的事，誰說好人有好報的？自己得病了，兒子病了，那三奶奶家所有人正眼都沒來瞧過自己一眼，更別說伸手幫一把。人心，隔著肚皮。幫了別人，反而自己肚子會痛。

「真有那麼神？」趙金大為驚訝。他雖然也經常聽村裡人提到狗頭崖上那件奇物很神奇，但是讀了那麼多年的書，又是從事考古的工作。他直覺認為，一切都應該能用科學解釋。而狗頭崖上的所謂神秘奇物，恐怕和古人的某種祭祀有關。

只是以訛傳訛下，被蒙上了一層神秘的神話色彩。

這趙金之所以非要跟著趙紹光爬狗頭崖，也是有他的打算。趙金雖然進入了四川的某個考古部門，但卻是個臨時工。這一行按說很冷門，可不知為何最近幾年競爭居然越來越大。

你妹的，說起來應該都是盜墓小說惹的禍。看那些從來就沒有盜過墓的作家光憑想像寫的盜墓小說熱血沸騰的二百五們，一個個都熱血沸騰的報了考古系。隨之而來的，考古部門的人員就開始過剩了。

一直以來，要想轉為正式員工，只有兩個途徑。第一就是考編制，但是許多人都清楚，編制太少。對於無根浮萍的趙金而言，無論自己的成績有多好，想要擠進去無疑是癡人說夢。

那麼，他就只剩下第二個，也就是最後一條路了。對所在的考古部門做出重大貢獻。如果找到一個極有價值的考古發現，上報給自己的單位，那麼轉正職也會水到渠成。

趙金的腦袋不算靈活，想了大半年，最後將目光落在狗頭崖上的奇物上。這世界本就不會空穴來風，既然千百年來園花村都流傳著奇物的神秘和不可思議的超自然力量，總歸有它的理由和價值所在。

打著這個算盤回到園花村幾天後，趙金在狗頭崖下溜達了好幾圈，實在不敢一個人爬上去。狗頭崖的危險程度，只有直接看到了才知道害怕。正當他想要放棄時，沒想到瞌睡碰到了枕頭，趙紹光居然為了治療兒子的絕症，要爬狗頭崖了。

淒厲的風像是一聲聲的鬼叫，捶打著心坎。怎麼看都不像是爬山的好天氣。狗頭崖很多地方都是直上直下的陡坡，有的甚至坡度超過了八十度。根本就不可能有路上去。

趙紹光一邊抽旱菸，一邊打量著天氣。風越來越大了，本以為今天肯定是爬不成山的趙金摸了摸腦袋，正準備說話。

沒想到趙紹光反而大手一招，「侄兒，繩子拉緊，準備爬。」

「啥子？現在爬？」趙金眨巴著眼，不敢相信，「叔，這麼大的風，上去不是找死啊！」

「你是不曉得。有風，這狗頭崖才爬得上去。沒風才是找死！」趙紹光搖了搖腦袋，沒多話，拿了幾根繩子就開始往上爬。

趙金沒辦法，只得跟上去。

狗頭崖最初的一段路，是最好爬的。坡度只有四十多度，土裡還長了不少灌木。可以藉著攀住灌木往上爬。山裡長大的趙金爬得算輕鬆，便有一搭沒一搭的朝趙紹光套話。

「叔，狗頭崖上的東西，到底是啥子？你給我說說嘛。」趙金實在好奇。更何況，這關係到了自己的前途。雖然是園花村人，但是大家都對那奇物三緘其口。弄得他哪怕刻意調查過，卻從來就沒在腦袋裡形成概念。

「既然你都要上去，我也沒啥子好瞞的了。」趙紹光想了想，也不再沉默，「那是一塊石頭，一塊堅硬的稜骨石。重約數百噸，座落在狗頭崖最頂端的山梁上。」

「叔我第一次上去，整個人都被那巨大的石頭給嚇呆了。那麼大的石頭，石頭的質地也不像是狗頭崖，甚至園花村周圍有的。既然不是就地取材，那到底是哪個人把那塊石頭抬上狗頭崖的呢？」

「要曉得，狗頭崖人都很難爬上去。要運石頭，就算是現代化的機器都不一定能做到。你說，除了神仙以外，哪個做得到？」

趙紹光用力咳了幾聲，「最奇怪的，要數石頭朝裡邊的一面了。那面石壁被磨得很平整，中間有七道人工打磨出來深約七公分、寬約七公分、長約一公尺的凹槽，凹槽上邊刻滿了稀奇古怪的文字，一行一行，端正得很。叔也是上過學的人，上邊的字可一個都看不懂。不曉得是啥子字！」

「我們園花村爬上過狗頭崖的人，都喜歡叫那塊岩石天書！」

趙金愣了愣，「天書？怪文字？」

他心裡一動，甚至喜上眉梢。光是聽他叔叔隨便的一番介紹，都令這傢伙顫抖不已。如果真的像叔叔所說，奇怪岩石上刻了怪字，那就絕對是考古學上的大發現。

古人雖然許多行為很奇怪，但是卻不會做無緣無故的事情。能將一塊巨大石頭抬上狗頭崖，要耗費的人力物力在當時肯定是天文數字，那一定是有用意的。如果照幾張清楚的相片交給單位，自己轉正職的事就板上釘釘子囉。

爬過了最初的一段路，狗頭崖猙獰的一面就在登山者的眼前展露了出來。趙紹光讓侄兒緊緊跟著自己，每隔一段距離，就掛上一根草繩子。那些草繩子也沒見叔用，就只是一端牢牢的捆在石頭上。

「叔，你這是幹嘛？」趙金奇怪道。

趙紹光也不解釋：「等下你就曉得了。」

他們叔侄兩人手腳並用，好不容易才爬了一多半的距離。沒想到爬到這兒後，趙金發現，前邊沒往上的路了。

不，準確的說不是沒有路，但是山崖卻向外探了出去，形成了鍋蓋頂，蓋在了兩人的頭頂上。只見趙紹光不慌不忙，右手牢牢的攀在崖壁上，左手摸出一捆長長的麻繩，扔了出去。

麻繩緩慢的向下垂，一直垂到下邊。之後趙紹光就一動也不動了，屏住呼吸，不知道準備幹嘛。

趙金越發的奇怪，上邊明明是絕路，而且也沒有路可以繞過去。歷代的村民究竟是怎麼爬上狗頭崖的？而且自己的叔叔竟然一臉篤定，似乎真的能過去。但怎麼可能，鍋蓋似的山崖，除非能飛。否則哪裡過得去！

「叔！」等了好一會兒，趙金實在忍不住了。

「等！」趙紹光搖了搖腦袋，吐出一個字後，就沒再說話。

趙金憋下心裡的疑惑，耐心等著。這一等，就是一個多小時。壁虎般爬在山壁上的兩人，一動不動，早就手麻腳麻了。別說是有病的趙紹光，就連年輕力壯的趙金都快要受不了了。

趙紹光現在完全憑著一口想要救兒子的氣在苦苦支撐。

「究竟在等什麼啊，叔！」趙金堅持不下去了。

「等風！」趙紹光突然一喜。一陣狂風猛地從山下往山頂吹來。這時候趙金才明白，為什麼叔非說要有風的時候，狗頭崖才能上得去。

隨著風往上吹，神奇的景象出現了。原本掛在下邊的許多草繩子被狂風帶了起來，如同一隻隻手，搖擺在山崖下。如果不是另一端捆在石頭上，恐怕早就隨著風不知飄到哪兒去了。

趙紹光手中最長的那根草繩子也被風吹了起來，只見他單手抖動，巧妙的利用風力把草繩子如同鞭子般甩出老遠。藉著石壁的阻礙來調整風吹到草繩的受力面積，繩子慢慢朝著前方延伸。

山崖下的草繩似乎都打上特殊的結，一碰到趙紹光手裡的繩子，就牢牢的被勾連起來，這讓叔手中的繩子始終和鍋蓋頂保持平行前進的角度。最後，風停了，草繩子竟然結成了一條橫跨山崖鍋蓋頂的單人索橋。

索橋並不結實，而且只能用手攀爬。

趙紹光抹了點唾液在手指上測量了風速後，急促喊道：「快爬。等一下風大了，就過不去了。」

兩人倒吊在草繩子上，險之又險的爬了過去。直到來到山崖對面，頭頂上才豁然開朗，已經繞過鍋蓋頂，又能往上爬了。

「好可怕。」趙金抹了一把冷汗。這鬼地方恐怕就連職業登山家借助現代化的裝備，都不一定爬得過去。要說還是人類的智慧厲害，都不知道是園花村哪一代的祖先發明的方法。

「爬狗頭崖，最危險的就是這一段路。登山者十之八九是死在這鍋蓋頂底下。」趙紹光也覺得僥倖，爬過了鍋蓋頂，再來就通暢了。

自己苦命的兒子，就要有救了！

再往上的路，果然好爬了不少。坡度也沒那麼陡峭了。花了三個多小時，快到下午時，叔侄兩人終於順利的攀登到狗頭崖的平台上。

果然，遠遠的就能看到一塊碩大的石頭聳立在山崖峭壁前，襯著巨石頂端不遠的雲海，黑壓壓的，煞為壯觀。越是靠近，越是能感覺到巨石蘊藏的威嚴和恆久的歷史感。

等趙金看清楚巨石上刻著的七行怪字時，整個人如遭電擊，完全呆住了！

第十一章◆天書殘片

狗頭崖上的巨石確實很大，年代也很久遠。但是最離奇的是，上邊的許多文字。竟然連讀考古系的趙金都看不懂。

不要說看懂，他甚至就連見都沒有見過。這些文字很工整，有一定的重複規律，明顯代表它曾經被某個民族使用過。趙金敲了敲自己的腦殼，頓時更加興奮了。

這根本就是從未被發現過的文字啊！大發現！絕對是大發現！別說是轉正職了，只要稍微整理一下這次的發現，肯定能在世界級的刊物上發表。或者還能震撼全球的考古界。

趙金欣喜不已，掏出手機不停拍照。而他的叔叔趙紹光則拿出香蠟紙錢，來到巨石前磕頭為自己的兒子祈福。

蠟燭在巨石前點燃，光禿禿的狗頭崖上的風，瞬間變得陰冷無比。

趙金打了個冷顫，抱著胳膊揉了揉。他的思緒萬千，心想單憑這塊巨石還不夠，如果還能在周圍找到更多關於這個巨石以及那些怪文字的線索，恐怕研究還能更上一層。

想著，他便在這狗頭崖上轉了起來。越看他越心驚。不久前聽叔叔講述巨石的離奇來歷還沒什麼感覺。可現在，親眼看到巨石後，突然就有了。這麼大一塊看起來應該是花崗岩的石頭，在園花村方圓幾十公里內，是幾乎不可能形成的。

所以這一塊幾乎重達百噸以上的花崗石一定是人有意運送上來。但這樣一來，問題又來了。古人為什麼將其運過來？刻這些文字的目的是什麼？最重要的是，誠如叔叔所說，就算以現代的科技，人類恐怕也沒辦法將數百噸重的石頭運輸到狗頭崖上，甚至還豎立起來。

太匪夷所思了。難道這會成為另一個人類未解之謎？

趙金皺了皺眉頭，突然想到了一件事。當年考上大學後，曾經到園花村的村長家讀過村誌。

村誌中有過一段對這塊大石頭的描述，「狗頭崖上有一奇石，奇石上遍刻怪符。據考證乃秦代所刻，既非甲金文，亦非大小篆，音義也不辨識。符號為陰刻，呈枝狀、爪狀、蚯蚓狀，無環形、方形、三角形，個別略似象形狀，不類甲骨文、鐘鼎文，卻類道家符咒。

村人向巨石祈福，百試百靈。稱之為天書。又稱為大豐岍石刻。」

如同村誌記載，這些文字還真的難以辨識。趙金越看還真是越覺得像是某種符咒的筆劃。看久了，就覺得遍體生寒，陰森得很。

「叔，你都上狗頭崖兩次了。沒有對這塊巨石頭好奇過？我記得有記載稱呼它為大豐岍石刻。」趙金看向正在燒第三炷土香的趙紹光。

趙紹光偏著腦袋，又磕了幾個響頭後，這才道：「咋個不好奇嘛。你一說，叔我還真記起來了。據村裡一個爬上過狗頭崖的老人說。這塊石頭剛開始還真的叫做大豐岍石刻。

這巨石的存在，沒人說得清楚到底有多久了。你也曉得，祖訓上曾經提到，趙家人必須世世代代守護這塊石頭。老人說一兩千年前，一個叫做大豐的神仙路經此地時，不知為何爬上了狗頭崖。看到狗頭崖的奇峻，他大手一伸，凌空一抹，就從百里外的深山中抓來一塊金剛石。

手又一抹，石頭上出現了七道凹槽。大豐神仙手指一劃，便有了石頭上的文字。

傳說大豐神仙還在附近埋了一筆寶藏，誰破譯了石刻的內容，就能找到寶藏。至今，村子裡還流傳著這樣的諺語：好個大豐岍，銀子在路邊；有人識破了，要值萬萬千。

寶藏到底有沒有，我不曉得。但是對這塊巨石祈福，倒是百試百靈。侄兒，你上來一趟不容易，也來拜拜求求！」

說完，趙紹光再次點燃一炷香。

聽完叔叔的話，趙金總覺得故事裡似乎哪裡有些問題。這大豐神仙是誰？石頭上刻的到底是文字，還是符號，又或者真的是道家符咒？或者，這些文字中真的藏有寶圖？

寶藏！寶藏！

突然，趙金腦子裡靈光乍現。在考古學的術語中，古人的寶藏通常只代表著一件事物，那就是陵墓，有著顯赫身分者，或者王侯將相的陵墓。

但是歷史上園花村附近沒出過什麼大人物啊。還是說，這裡真有個不知曉身分的王陵？

不錯，只有王陵才可能如此大的手筆，如此大的規模。古代人類社會，只有一國之主，才能動用極大的人力物力，將數百噸的巨石，抬上高達三千多公尺的懸崖峭壁。

狗頭崖的險峻以及人跡罕至，怎麼想，怎麼都是天然的陵墓藏身所。

激動不已的趙金，重新打量起巨石上的文字。既然斷定了巨石下或許隱藏著一個龐大的陵墓，那麼這些文字上肯定有玄機。甚至能從文字中推敲出陵墓的主人來。

這塊巨石放置的位置險之又險，剛巧矗立在懸崖邊。石頭長年暴露在外，風吹雪打，但整顆石頭完全沒有風化的痕跡，一丁點也沒有。

古人似乎在石頭上抹了一層透明的漆料，數千年來，風雨都侵蝕不了巨石的表面。怪了，什麼塗料這麼厲害。現代科技肯定做不到。而且最怪的是，那層塗料光滑是光滑，可似乎老有股臭臭的怪味。

不可能吧！趙金搖了搖腦袋，就算它真有味道，數千年的時間過去，也早就散了。錯覺！肯定是錯覺。

巨石上的文字，千百年來，沒人能看懂，附近村人也不知道到底是啥東西。甚至自古以來的村民們只知道埋頭膜拜，卻不知拜的是什麼？

趙金用手摸了摸石頭上的文字，左看右看，都搞不明白玄機究竟在哪裡。

這一摸，摸出了問題。他突然「咦」了一聲，手向巨石的右側滑過去。

巨石有明顯斷裂過的痕跡，但是斷裂的地方，已經被某種物質黏好了。難道，這塊看起來龐大無比的巨石，其實是空心的？

「趙金，你龜兒子到底在幹啥？」見趙金居然用手摸神聖的天書巨石，趙紹光氣不打一處來。他什麼時候不摸，居然在自己為兒子祈福的時候摸。萬一不靈光了咋個辦？

就在這時，也不知道趙金摸到了什麼，按到了哪個文字。整個巨石都抖動起來。

「糟了！」趙金心裡一抖，就感覺狗頭崖上突然發生了異變！

天書巨石上發出「轟隆」一聲響，隨後一股冰涼的氣息隨之噴出。遠在狗頭崖上方的漫漫雲海受到冰冷氣息的牽扯，居然降了下來。圍繞著狗頭崖，雲海濃重的翻滾著，越降越低。

隨著巨石噴出的冰冷邪氣盛放，方圓三百公尺的雲海竟被拉扯到狗頭崖的腳底下，和山崖齊平。趙金和趙紹光完全驚呆了。這是怎麼回事？一塊古代的巨石而已，怎麼可能將天上的雲都給拉下來？

太不科學了吧！

雲海猶如被人用手指按住，巨石聳立在雲海之上，彷彿沒入了茫茫海洋。詭異的一幕，令兩人手腳冰冷。趙金意識到，恐怕要出大事了。

下沉的雲海帶來的，是原本被雲遮住的陽光。在可怕的景象中一動都不敢動的兩人，立刻又看到了更加難以接受的現象。

強烈的陽光剛一射在巨石上，那七行怪異的文字便猛然吸收起光線，發出黃色玄光來。每一個字都彷彿活了，脫離石壁平面，浮現在空氣裡。

詭異的字仍舊無法辨識。但浮現出來後，每一個字都開始重新排列組合，更像古代道家的符咒了。

趙金的腦袋亂七八糟的，他感覺自己的人生觀、價值觀和世界觀都被顛覆了。所有的文字在陽光下現出形狀，最終組合成一個極為繁複複雜的文字，接著猛地收入了巨石之中。

只聽「劈啪」一聲響，彷彿巨石中的什麼東西破掉了。雲海不再被吸引，猛地彈回幾百公尺高的天空中。石壁上的文字也恢復原狀，不再冒光。

就如同怪文字，完全失去了靈性般，脫掉了剛剛活靈活現的顏色。

顫抖的世界，變得一片死寂。

「咋、咋個回事？」趙紹光瞪大了眼睛，不知所措。他的上下牙巴磕得厲害：「我聽村裡老人說，大量的陰煞氣會把天上的雲像是磁石吸鐵一樣吸下來。剛剛石頭散出去的，會不會就是陰氣？」

「啥子陰煞氣。叔，都啥子年代了，你這個說法太不科學了。」趙金搖著腦袋，他想否定剛才看到的，他拚命想說服自己，剛剛的一切只是錯覺。

「不對，肯定是陰煞氣。怪了，咋個會有那麼大的煞氣！大豐岍石刻，大豐神仙。你媽的龜兒子，那個傳說中的大豐，絕對不是啥子神仙！」趙紹光渾身打了個冷顫，毛骨悚然的感覺在背上竄個不停：「怪不得，怪不得。村上祖訓早就說過，攀爬狗頭崖，一命換一命。」

太可怕了！他園花村，數千年來祭拜的天書巨石到底是啥鬼東西？底下又埋藏著啥子恐怖玩意兒？

「不是爬狗頭崖危險，而是祭拜大豐神仙才危險。」趙紹光覺得那巨石中散發出的，肯定是老人口中講的陰煞氣。

陰煞氣絕對不是啥子好東西。一命換一命！歷代去替人換命的園花村青壯年，爬上狗頭崖沒有失足掉下去的，下半生通常沒好下場，從未有人活過四十五歲。

從前他趙紹光還不明白是為啥。現在清楚了，都是這些陰煞之氣的原因。身強力壯的他咋個可能會突然患上肺結核，再也沒辦法幹重活？咋個自己的兒子會莫名其妙的得白血病？

龜兒子，全都是因為這些陰煞氣。

不，最大的原因，恐怕還是產生陰煞氣的這塊巨大石頭。

「叔，你的意思是，這塊花崗石上有某種輻射，會破壞人的身體？」聽了叔的話，趙金陷入沉默。對比村裡對狗頭崖的種種神秘傳說，他覺得這個可能性極大。而那所謂的陰煞氣，恐怕也是某種有害的輻射。

但是什麼輻射，能夠將雲海生生給拉扯下來？

「算了，叔我總覺得還有危險。」趙紹光搖了搖腦袋，他再次暴露在所謂的陰煞氣下，恐怕也沒幾天好活了。只希望這次祈福，能讓兒子的病好起來：「走吧，回去！」

「再等一下。」趙金掏出手機，不停的拍照。他覺得這是一次極好的揚名立萬的機會。

或許，也是最後一次。誰知道巨石異變後，狗頭崖還能不能再上得來。如果巨石下真的有一個龐大的陵墓的話，驚動了鎮陵巨石後，通常都會發生連鎖反應。

「龜兒子，你娃不要命了。」見趙金完全沒有離開的打算，趙紹光一巴掌拍在侄兒的臉上：「再大的榮譽，沒命還咋個享受。你爹媽也只有你這根獨苗。你死了他們咋個辦？」

說著就硬拉趙金往山崖下走去。

可是，他們已經沒有機會了。連鎖反應來得比想像中更加快速。趙金本還在奇怪，他不信自己在巨石上隨便一摸，就能摸出那麼大的反應。按理說幾千年來，摸過那塊大豐岍石刻的人，絕對不少。

肯定不是瞎貓碰到死耗子那麼簡單。

因為剛剛震動的原因，下山處一塊巨大的石頭移動了位置。居然露出了一個黑漆漆的洞來。洞口的土一片焦黑，不停往外冒寒氣，看起來極深。

「是盜洞！」依靠專業知識，趙金很快就判斷出了這口盜洞應該是新挖的。洞邊盜墓賊的腳印還在，至少有數十個人。但很離奇的是，只有進的腳印，沒有出的。

難道所有的盜墓賊都死在巨石下的陵墓中？

就在這時，一聲嘶吼從洞內傳出。那吼叫不像是人類，並帶著冰寒刺骨的陰冷。剛灌入耳朵，就簡直要將骨髓完全凍結似的！

「媽的，墓裡有老礦！」趙紹光眼睛大睜，用力將身旁的侄兒推遠：「快走。老子的娃，幫我照顧！」

話音剛落，一隻血淋淋的爪子就從盜洞中探了出來，硬生生將趙紹光拽了下去！

「也不知道趙金是怎麼從狗頭崖上逃出來的。總之他回到所在的考古局後，交上去的不只一大堆照片，還有一張天書殘片。」我輕輕嘆了口氣，將手中的天書殘片揚了揚，「和這個一模一樣的天書殘片。」

「而且趙金回來後，狗頭崖就坍塌了。再也沒有人能夠上得去！」

聽完故事的猴子和秦思夢面面相覷，久久都說不出一個字！

「小古，這件事，你是怎麼知道的？」秦美女遲疑了好半天，才問道。如果只是單獨聽了這個故事，她可能還不會想太多。但是經歷了茅坪村飛地外的可怕陵墓後。故事中隱藏的訊息，猛然變多起來。

多到令人無法承受。

「民俗學和考古學，其實有許多交集的地方。我前段時間曾經去過一場研討會，很巧的是，居然接觸到關於這件事的卷宗。」我用手指磕了磕身前的桌子，心裡同樣很難平靜：「現在想來。當時當作考古怪談聽的故事，還真的有些意思呢。」

「不錯，最有意思的是，古老兄你為啥子接觸得到這種層級的東西。你再厲害，也不過是個大四臭學生。」猴子摸了摸腦殼：「難道是有人特意告訴你的？」

「非常有可能！說不定，陷害我們的背後勢力，早在那之前就在佈局了。可惜我們一直被擺佈，根本沒有察覺到過。」我苦笑了幾聲，「別管那麼多了。既然我們在明，敵人在暗。就只能努力將他們拽出來。否則，被他們利用完後，一定也會被當作棄子，死得很慘。」

秦思夢點頭，「我也這麼覺得。所以利用下午坐車的時間，做了一些歸納。總覺得，那些該死的傢伙做事情，有一定的規律。」

說著，她將平板電腦拿出來，打開自己製作的資料表。

我和猴子只看了一眼，眼睛就都亮了。秦美女的這些資料做得滴水不漏，很有價值。果然不愧是大家族的女人，將女性的纖細面展現得淋漓盡致！

「雖然我和小古是在前不久被周偉等人矇騙後，才陷入這個大麻煩中的。但是這個大麻煩開始展露形跡，應該是一個多月前，趙雪意外得了某種怪病開始。她死亡後屍變，你們也親眼見到了。」秦思夢就著資料，講解道：「而周偉說他曾經在一個小網站上看過七十七年前灌縣保安隊長趙洪和周明以及五個盜墓賊的故事。」

「我也順手查過這個網站。只是已經打不開了。最詭異的是，哪怕用搜索引擎的快照，甚至託關係請了專業人士。那個網站都沒有留下任何的痕跡，我只知道，它確實存在過。」

我嘆了口氣，「秦美女，現在追究前因後果，已經沒有用了。我們應該梳理的是，周偉七人中，六人死。為什麼獨獨只有李欣能夠逃過？」

「我聽你們提過李欣，這女娃不簡單，光聽她的事蹟，哥子都咋舌。那絕對是個為了活命，啥子都幹的強人。」猴子不停朝肚子裡灌咖啡。他的時間不多了，哪怕是個天然呆，說不怕也是不可能的。他不敢喝酒買醉，只希望隨時都能保持清醒。

「所以現在最重要的，是先找到李欣的下落。她肯定知道許多我們不清楚的事。」

我撇撇嘴，看了秦思夢一眼。

經歷了那麼多事，秦美女已不是初見時那個小白了，大家族的氣派森然。自從她將老五推向血屍為我當肉盾後，身上最後的一絲清新小女人氣息一掃而盡，眉宇間竟有一股煞氣。

不得不說，人都是被逼出來的。在生死存亡的壓力下，沒有誰敢掉以輕心。

「我已經打電話回家了，只要她李欣還在四川，秦家挖地三尺都能找到她。」秦思夢冷哼一聲。

「那就好。再來便是，想一想那些隱藏在背後耍陰謀的傢伙，到底要幹什麼。又或者，他們下一步想玩什麼！」我捏緊了拳頭。知己知彼百戰百勝。背後明顯有個聰明絕頂的傢伙在主事。

他似乎有意無意的想要跟我，下一局棋。

棋局已經過了三分之二，大多數的時候，我都落敗。但還不算敗得很慘，至少還勉強保住了性命。接下來的幾步圖窮匕見，步步驚心，我已經沒有再失敗的本錢了。只要再錯一次，輸掉的恐怕便是自己、秦美女和猴子的命。

「如果將那些人的行為轉化成一個公式，公式最右側的結果，現在已經很清楚了。」我不停思考，「他們最終目的，肯定是為了得到被鎮壓墓鎮壓住的主墓，大豐神陵中的某些東西。」

「古老兄，大豐神究竟是啥子？」猴子疑惑不解，「古人為什麼要費盡心思將它封印在陵墓中？」

「這個問題，我也很想知道。」我搖頭苦笑，「大豐是否存在，古人的心思此類疑問，我們先扔掉。這些不是現有的資料能夠揣測的。我們只需要知道，大豐神的陵墓，肯定存在。而且就位於四川的某個地方。」

秦美女摸了摸自己烏黑的長髮，「七星棺材上的小篆曾經記載，鎮壓墓一共有三個。其中一個在茅坪村飛地外，那其餘兩個呢？小古，你有沒有眉目？」

「稍微有一些了。大豐神陵墓不是那麼好進去的，有諸多限制。否則那個勢力也不用費如此大的力氣，佈局多年了。想要進主陵，似乎就必須破掉三個鎮壓墓。我猜……」說到這裡，我的語氣一頓，「或許那三個陵墓，已經被徹底破開了！」

「怎麼可能？」猴子和秦思夢同時大驚：「什麼時候破開的？」

「早在七十七年前，第一個鎮壓陵的封印，就被破壞了。」我緩慢的說道：「結合灌縣縣誌和周偉斷斷續續的故事，很容易猜出來。大豐神陵的其中一個鎮壓墓，就在我們郊遊，甚至被獻祭的那個詭異山洞附近。」

「趙洪和周明以及五個盜墓賊想要進入的陵墓，就是鎮壓墓。陵墓的封土層，是風水學上天陰地煞的絕殺地。故事中，盜墓賊老大提到了天書殘片。雖然不清楚天書殘片和陵墓之間的關係。但是我大膽推測，殘片可能對破壞陵墓的封印有很大的作用。甚至，是唯一能破壞鎮壓墓的奇物。」

我的大腦不停運作著，「第二個鎮壓墓，便是在狗頭崖上。狗頭崖的地勢，在民俗中有個別稱，叫做地陰地煞。別看它高達三千多海拔，但是卻獨一山崖高探入雲海，極為容易接地氣。

三年前趙金帶回的天書殘片，應該是從以前就藏在陵墓中。只是被另一夥盜墓賊偷了出來。盜墓賊取了殘片後沒逃多遠便死光了，便宜了慌忙逃竄下山的趙金。」

「最後一個鎮壓墓。便是茅坪村飛地外的那一處。結果我們都很清楚，那是個七陰七煞的絕地。北斗七星棺材升上陵墓封土層，絕煞之氣就被徹底破壞了。至此，三個鎮壓墓的封印全部解開，那個勢力只差進入主墓了！」

「可主墓，究竟在哪裡？」秦思夢迷惑不解，「陵墓裡完全沒有記載，只說是西嶗山。可我只知道一座嶗山，在青島那邊，離這裡足足有幾千公里遠。」

猴子孫喆咂巴著嘴，「格老子，看來那些混蛋佈置的時間，絕對超過七十七年。太可怕了，這可是幾代人啊。他們究竟想要幹啥子？那大豐神陵墓，究竟封印著啥？混帳們，不會不曉得主墓在哪裡吧？」

「不，他們肯定知道。而且已經明確的告訴了我們。否則你以為他們幹嘛費盡心思的提供你我資料。」我冷哼道，棋局越來越複雜了。真是不好落子啊！

「三個守護陵墓，天陰地煞，七陰絕煞，地陰地煞。真是有趣呢。光這一點，還沒法告訴你們確切的位置嗎？猴子、秦美女，你們自個兒想想。三角形，是什麼圖形？」

「三角形！三角形！」秦美女眼睛一亮：「三角定位法？」

「沒錯，躲在我們背後的勢力，將我們丟入詭異的洞穴。又丟入茅坪村的飛地。最後又早在很久以前，提供我狗頭崖的故事。這不是明擺著嗎？」我喝了一口水：「猴子，有尺子嗎？」

「有。當然有。」猴子雀躍起來。要想活命，就要找到害他被詛咒的養屍人。既然那些人的目的是大豐神陵墓，只要得到了神墓中他們想要的東西，自己也算是有了可以用來換命的籌碼了。

正當我們準備在地圖上藉三角定位法找到大豐神陵的具體地點。突然，秦思夢的手機響了起來。

女孩接通電話，聽了幾句話後，渾身愣了愣。

許久後放下手機，秦美女用冰冷刺骨的聲音說道：「小古，猴子。」

「李欣，找到了！」

第十二章◆鬼還魂

人生不完美。完美的東西，在這個無奈的世界中，其實從來就不存在。對李欣而言，更是如此。

李欣長得不算差，成績也不錯。她做人做事從不讓人討厭，臉上也常常掛著笑容。所以在學校裡，她沒有敵人，只有朋友。否則，秦思夢也不會被她騙去參加那場詭異的生死郊遊。

可是誰也不知道，在她一年到頭從不消失的笑容裡，究竟隱藏著怎樣的心思。人世間，或許只有如同李欣這樣的女人，才會成為人生贏家。當然，如果沒有遇到了那件事的話！

「小欣欣，妳叫我們到這裡來幹嘛？」似乎每一所大學中，都有座廢棄的大樓。李欣就讀的學校同樣如此。那座樓被圍牆圍著，但是卻阻擋不了好奇的學生們。

在午夜糾纏的夜色裡，四個女孩坐在廢樓中。其中一個叫王茜的女孩好奇地打量四周，問道。

李欣在地上用粉筆畫了一個大圓圈，接著在圓圈中點燃一根根的蠟燭，笑嘻嘻的回答：「當然是試膽大會啊！」

「耶，果然是試膽大會。」另一個叫張舞的女孩雀躍道：「聽說每年的這個月，女生會都有試膽的傳統。我就說小欣欣那麼神秘兮兮的叫我們到廢樓來幹嘛。果然是試膽呢！」

最後一個女孩，文文靜靜的錢馨眨巴著眼，看著李欣點了一整圈蠟燭後，又在圓圈裡畫起了奇怪的符號，不由得問：「小欣欣，妳在畫什麼？那些符號挺怪的，文字不像文字，符號不像符號，倒是有些像道家的鬼畫符。」

「妳也知道鬼畫符啊？」李欣抬頭，仍舊笑瞇瞇的。

錢馨點頭，「嗯。爺爺的葬禮上，有道士畫過。但是那些道士畫的道符和妳的不一樣，沒妳寫的好看。」

「看來妳爺爺的死，有些故事哦。不然道士也不會替妳家畫道符了。」李欣一邊說一邊畫，很快，圓圈裡就畫滿了奇怪的文字。那些字的字體玄妙，沒人認識。

「爺爺死得確實是有些奇怪。」錢馨悶哼了一聲，沒再開口。

李欣拍著手，鬆了口氣，「好啦。大家也知道咱們學校歷代的女生會有這個傳統。

別問我地上畫的是什麼，說實話我也搞不清楚。總之這一代的女生會，也只剩下我們四個女孩了。試膽大會，正式開始！」

她的話剛說完，一股陰風猛地吹了過來。月光從廢樓的天頂破口處灑下，正好照在粉筆畫出的圓形怪陣中，說不清的詭異。

「好冷喔，越來越有氣氛了。」張舞雀躍道。

李欣讓大家坐到怪陣中心，點燃最中間的那根蠟燭，笑道：「還是我來拋磚引玉，講第一個鬼故事吧。」

其餘的三個女孩「嗯，嗯」的點頭。

「說是故事，其實是我的親身經歷呢。」李欣看了看手錶，又抬頭看了看天上的月光。月亮皎潔，但是光一落入廢樓中，就變得猩紅起來。

她滿意的點點頭，說了起來，「妳們也知道，我和籃球隊的幾個球員關係還算不錯。有次打球贏了後，周偉、李昌、張明、張曼、孫斌、錢東和我一共七個人，為了慶祝，大半夜的跑去吃鬼飲食。沒想到，就是吃了那一頓燒烤後，居然險些改變了我們七人的一輩子。」

「不，應該是說，已經徹底改變了吧。」

李欣嘆了口氣，「還記得那一晚的月，也像今晚一樣明亮好看。」

大半個月前，李欣七人去了學校附近的一家燒烤店，吃起了鬼飲食。所謂鬼飲食，是四川已經有數千年的文化傳統。四川自古富庶，又有險峻高山環繞，糧食運不出去。所以食物便充足起來。

閒得無聊的城裡人總是很晚才睡覺，玩餓了，自然要吃東西。就有了鬼飲食一說。凌晨還開著門的餐廳，都叫做鬼飲食店。

周偉他們一窩蜂的拼了幾張桌子坐下，點了燒烤店的招牌後，就熱切的談論著今後的球賽安排。對球沒什麼興趣的女孩子們坐在一旁，討論著哪家的衣服、包包和化妝品比較物美價廉。

討論正熱烈的時候，突然燒烤店老闆湊了上來，說他們點的一種素菜沒了。要不要換一種。

周偉七人沒有在意，等菜上來後，才發現被換成了一種長相奇怪的蘑菇。那種蘑菇沒有人見過，烤熟後，兀自散發一股蠱惑人心的清香味。

「不會是有毒的吧？」從來都大剌剌的李昌挑了些蘑菇放進嘴裡，剛一咀嚼，就瞪大了眼睛。他的表情完全凝固住了，許久都沒有動彈。

眾人大驚，「怎麼，真的有毒？」

就在大家準備叫來老闆算帳時，李昌突然打了個嗝，大喊：「他媽的，好吃。太好吃了！」

說完就將一大堆蘑菇夾到自己的碗中。

眼看他吃得兇猛，大家也紛紛急了起來。大喊李昌沒義氣後，也加入戰局，搶起燒烤盤中的怪異蘑菇。蘑菇不算多，很快就被搶光了。七個人都吃得意猶未盡。眼巴巴的看著盤子裡剩下的燒烤。

這些本來挺不錯的肉菜在吃了蘑菇的李欣等人眼裡，突然就失去了吸引力。

「再叫一份吧。這蘑菇實在是太好吃了！到底是什麼品種？」孫斌一伸手，將老闆叫了過來，「老闆，剛才的蘑菇，再給我們來一份。」

老闆一臉疑惑，「什麼蘑菇，你們這桌，沒有叫過蘑菇啊。」

「剛才不是說沒有素菜了，才幫我們換蘑菇啊！」周偉眨巴著眼：「你該不會忘了吧？」

「真的沒有幫你們送過什麼蘑菇。你們要的馬鈴薯沒了，所以換了茄子。你看，茄子都還在這裡呢。」老闆指了指盤子裡攤開的茄子說。

李昌急起來，「明明我們都有吃到蘑菇，你怎麼偏偏就不願意承認呢？難道害怕我們付不起！再來一份，多少錢我都給。」

「不是錢不錢的問題，我這裡真沒幫你們送過蘑菇啊。不信你們自己去冷藏櫃看，我們店不烤蘑菇的。」老闆也急了，他做生意忙得很，哪裡有工夫和這幾個小鬼瞎扯。

七個人跑過去一看，冰櫃裡還真沒有蘑菇。他們剛剛吃過的美味怪異蘑菇，就彷佛憑空出現似的，又憑空消失了。

只剩下絕美的味道，不停的刺激著每個人的味蕾。

嘴裡有了那股美味，七個人再也吃不下其他東西，掃興的離開了燒烤店。他們不知道，那美味蘑菇就如同催命符，以一層陰影深深的將每個人籠罩起來。

其他人身上發生了什麼，李欣並不清楚。但是過沒幾天，她身上就發生了一件離奇恐怖的事！

李欣家裡並不富裕，出於需要經常打工的考量，所以在學校附近租了一間便宜的房子。一房一廳，老社區，整個社區一到晚上就黑漆漆的，根本沒有路燈。那晚她回家，走在路上，總覺得渾身發冷。

奇怪了，今天出了一整天太陽，剛剛都還悶得慌，怎麼突然周圍的空氣就變冷了？

李欣並沒有太在意，她本想掏出手機，藉著手電筒的功能照明。可手機居然沒電了。她嘆了口氣，還好社區裡許多一樓住戶還亮著燈，總有燈光從窗簾內透出來。

藉著這些不太亮的光，李欣一路朝家的方向走。正當她走過一戶人家時，突然覺得似乎有什麼跟在背後。她嚇了一跳，連忙回頭。

身後的路空蕩蕩的，什麼也沒有。

朦朧的光照射在地上，地面似乎有一灘水，就在自己的腳跟下。李欣眨巴著眼，沒看出異樣，只能提心吊膽的往前走。

就在她再次路過另一戶人家的燈光下時，猛地，有一股風朝她的脖子吹了過去。風吹得很詭異，就如同有人用嘴，以近在咫尺的距離，朝她哈氣。

李欣毛骨悚然的呆立在原地。好半天，她才移動僵硬的脖子，再一次向後望。背後，仍舊什麼都沒有。只有腳跟那一灘波光粼粼的水。怪了，這灘水的模樣，似乎和幾十公尺外另一戶人家窗下的一模一樣！

見鬼了！李欣怕得要死，緊緊拽著包包，拚命的往家跑。一路上什麼都不敢看，直到回到了家，將門牢牢的反鎖住。

可誰曾想，噩夢，根本就沒有結束。似乎真的有什麼肉眼看不到的東西，跟著她回來了！

李欣怕到不行，畢竟人類本能的會對那些陰邪的事物產生恐懼感。看不到的東西，最為可怕。她蜷縮在沙發上，用毯子捂住腦袋，不停的發抖。沒多久，李欣就感覺背上一片冰冷，不知何時，背部的衣服全都濕了。

刺骨的冷意，從濕透的地方不停傳來，壓都壓不住。那股冰冷彷彿能凍徹心腑，甚至讓骨髓凍結。

李欣實在忍不下去，將所有的燈打開。光明稍微帶給了她一絲勇氣，她擰開浴室的水龍頭，脫掉衣服開始洗澡。熱水溫暖了她全身，這又讓她的勇氣多了些。

但等她從浴室出來，抬眼看到的東西，令她渾身的熱量散去。毛骨悚然的陰冷感，再次席捲了全身。

只見正對面的牆壁上，有一灘水漬。很深的水漬，不知道什麼時候，被什麼水打濕的！

這怎麼可能。李欣完全無法理解。老社區住的人並不多。她樓上就沒有人居住，水漬到底是從哪裡來的？如果真的是從樓上漏下來的水，不是應該從天花板開始滲起嗎？

可是那水漬，明顯是從下往上暈開的。

李欣眨巴著眼，她裹著毛巾，試探著往前走了兩步。只是兩步而已，水漬又有了新的變化。果然，水是從地板開始往上爬的，根本違反了地心引力！

而且最可怕的是，李欣越看這灘水漬，越覺得像是人的形狀。

一個女人。一個穿著裙子，披頭散髮的女人。

女人越來越清楚。她的手像爪子，她的模樣很猙獰，她，簡直就像個張開血盆大口的女鬼。

李欣嚇得猛然向後退了兩步。可是接下來的一幕，更令她膽寒。

牆壁上的水漬，居然從牆壁的平面上掙脫了出來。隨著她的後退而逼近。李欣嚇得尖叫一聲，不停的向後躲。

她退一步，女人狀的水漬就往前走兩步。很快，李欣的背就抵在了牆壁上再也退無可退了。那團水漬已經近在咫尺，只差兩公分，尖銳鋒利的手爪，就會死死的掐住她的脖子……

故事講到這裡，李欣突然停了下來。廢樓中不知從哪又竄過來一陣風，將蠟燭吹得燭火搖擺。

聽故事的三個女孩，同時打了個冷顫。

「然、然後呢？」王茜結結巴巴的問。她總感覺這座廢棄樓房裡的空氣，變得越發的陰冷了。

空氣裡似乎有什麼不好的氣息在流淌，壓抑得要命。

「然後？沒有然後了。我就這樣死掉了！」李欣突然陰森森的笑了兩下。

張舞、錢馨和王茜同時嚇得抱在了一起。

「小欣欣，妳別鬧了。剛才講的故事是真的還是假的啊，怪嚇人的？」錢馨小聲的問：「晚上吃燒烤都能吃出這種事，我以後都不敢半夜出去吃鬼飲食了！」

「小欣欣，喂，妳怎麼不說話啊？」

「咦。小欣欣，李欣。妳別嚇人了，好不好。」

當三個女孩轉頭去看李欣時，她們突然渾身一愣，難以置信的呆住了。不遠處，剛剛還在神秘兮兮的講故事的李欣，竟然不見了。空蕩蕩的位置上，只有那根位於圓圈正中央，不知何時被吹滅的蠟燭。

蠟燭的燭火剛熄，一絲青煙正裊裊向上升起。

「小欣欣？」女孩們低低的又喊了一聲。

聲音在破舊的廢樓中繞了一圈，突然吹來一陣怪風，那畫著怪異符號的大圓圈裡，所有的蠟燭都在同一時間被吹滅了。

猩紅的月光，從天花板的破洞外射進來，正好落在圓圈的正中間。

「鬼、鬼啊！」也不知道誰鬼叫了一聲，三個女孩嚇得尿都快飆出來了。拔腿就蜂擁著朝廢樓的出口逃去。

剛一到出口，只聽「啪」一聲。一個紅色的物體從樓上摔了下來。那物體似乎受到了來自空中的某種牽引，凌空彈跳了幾下後，一搖一擺的做起了鐘擺運動。

錢馨緊張的掏出手機，藉著微弱的光芒，終於看清楚了那究竟是什麼！

是李欣。她穿著紅色的衣服，畫了可怕的濃妝。一根繩子捆在脖子上，不知道死了多久，身上竟然已經散發出怪異噁心的惡臭味。

最讓人恐懼的是，那條因為吊死而長長吐出的舌頭。

三個女孩打了個顫，張舞用發抖的聲音說：「如果這具吊死的屍體是李欣的，那剛剛跟我們講故事的，是誰？」

「是、是鬼。」王茜又是一陣尖叫：「鬼哇！死鬼李欣還魂了！」

她們三人想要繞開李欣那像用生命詛咒人般的紅衣屍體逃出去，可是廢樓中，那吸收了月光的古怪圓圈猛地光芒大作，一灘水波粼粼的水漬，濕了地面。

還沒來得及逃掉，王茜、張舞、錢馨三人的眼前，出現了一個人形水漬。

那個水漬，像是一個張牙舞爪的可怕女人。

第二天一早，有巡查的老師發現了吊死在廢棄樓房屋簷上，隨風搖擺的李欣屍體，以及躺在骯髒地板上的三個女孩。

王茜和張舞已經死了，全身血液和體液似乎被什麼吸個精光。只有昏迷的錢馨還詭異的活著。

沒人知道是怎麼回事，哪怕是警方聽了錢馨醒來後的口述，仍舊無法解開這個謎。

但是李欣，確實是死了！

尾聲

李欣死於三天前的夜晚。

我們得到了唯一倖存者錢馨的口供後，閱讀完，久久難以平靜。三人當晚就馬不停蹄的去了李欣的葬禮。

李欣家是單親家庭，母親遠遠的從臨縣剛來，哭得唏哩嘩啦。李欣家境清寒，無力支付將屍體送回老家的費用。於是葬禮就安排在了春城遠郊的殯儀館中，佈置得很簡單。據說明天一大早，就會送去火化。

自始至終，李欣似乎也只有母親這一個親人，靈堂裡孤零零的坐著。再無其他人。

當我們走進靈堂時，她的母親愣愣的抬頭，看了我們一眼，這才輕輕頷首，遞過了一些紙錢。

「你們是欣兒的朋友？」她的母親問。

我點頭，接過紙錢燒了起來：「好朋友。」

秦思夢在心裡冷哼，就是這所謂的好朋友，將她陷害得好慘。但是李欣怎麼會死了？她臨死前，擺了那種怪異的道家陣法，又是用來幹嘛的？

這一點，我同樣很疑惑。李欣做每一件事，顯然都經過深思熟慮，從來不做白費力氣的事。這個女人不簡單。明明有如此強的求生欲，為什麼還會自殺？

最怪異的是，那個神秘的背後勢力，分明要的就是周偉七人的屍體。李欣死了，幹嘛不乾脆偷走她的屍體用來填滿北斗七星棺？那樣也根本就不用找猴子充數了？

難道其中，還有些我們不知道的玄機？

我們三人燒完紙錢，得到親屬的首肯後，走到了棺材前瞻仰遺容。冰冷的夜被靈堂外不明亮的燈光阻擋在不遠處，可哪怕是如此，當我們真的看到李欣的屍體時，全都嚇得倒吸了口涼氣。

只見李欣穿著大紅色的裙子，塗著紅指甲，漆黑頭髮下的臉，因為吊死缺氧，而呈現著猙獰的表情。長長吐出來的舌頭，被隨意的捲起來，硬是塞進了口腔中。李欣的腮幫子因為那些舌頭，而鼓起了很大一坨。

她母親應該是沒錢請化妝師。但是那可怕的臉，就算再高明的化妝師，恐怕也沒辦法化出安詳寧靜的妝容吧？

李欣的眼皮被塗成漆黑的顏色，她的手臨死前蜷曲著，十根指頭都扭曲變了形。

甚至有骨折的跡象。那本來白皙纖長的手指，一根根如同長長的刺，恐怖非常。

「這個容裝，她李欣不是直到死，都想詛咒某些人吧？」秦思夢看屍體看得背後發冷：「總覺得她隨時會化為厲鬼，從棺材裡跳出來似的。」

「能活生生把那麼厲害的女人逼死。」猴子孫喆苦笑，「躲在我們背後的那個勢力才是真正的厲鬼。」

我不停打量屍體，越看越覺得古怪。突然「咦」了一聲，偷偷低下頭，再次打量了好幾眼。

猛地，我心裡「咯噔」了一聲。

猴子看出了我臉上的異樣，「咋個了？」

「別動，幫我去吸引李欣母親的注意！」我皺著眉頭，一聲不吭。等猴子走過去擋住了親屬視線後，我這才朝李欣的屍體伸出了手。

隨著我手的動作，秦思夢的眼睛猛地瞪大起來，「怎麼可能！」

「噓，別說話。我們馬上離開！」我從李欣的屍體裡找到了某樣東西，手掌一翻，藏了起來。

我們三人安慰了李欣的母親後，才離開靈堂。剛走出殯儀館，秦美女就再也忍不住，驚呼道：「小古，你說李欣，是不是還沒死？」

「沒錯。」我凝重的點了點腦袋。

「啥意思啊？」猴子聽著我們的對話，猶如聽到了天書，迷迷糊糊的。

我冷哼一聲，「那具屍體，根本就不是李欣。屍體臉上根本戴了一張人皮面具。面具製作得很精良，差點連我都給騙了過去。」

「但是，她始終沒有騙過背後那個勢力。所以那些人才不用靈堂中的屍體，因為李欣依舊處於失蹤。而靈堂裡躺的人那些混蛋根本就不需要。」

猴子打了個冷顫，「所以說，李欣那娘們還活著？」

「這個世界，不是只有我們才是主角。大家都在為了活命而竭盡全力。說起來，我倒是越來越欣賞她了。」李欣的聰明和堅韌超出了我的想像。在和背後神秘勢力的博弈中，她明顯走在我們三人的前面。

而且，她或許已經將那神秘勢力中的其中一人，給解決掉了！

「如果李欣沒死的話，躺在棺材裡的又是誰？」秦思夢不解道。

我遲疑了一下，這才道：「屍體是個女人，而且是個年輕女子。大約二十多歲。但是人皮面具下的人臉，已經血肉模糊，看不清容貌了。那些模糊的血肉，並不是李欣弄的，再加上她死前的手，我猜，她應該是害猴子變成這樣的養屍人！」

「什麼！她就是那個弄出屍變屍體的養屍人？也是茅坪村飛地外讓小女孩的屍體異變，陷害我們的混蛋？」猴子大吃一驚。

「不錯，她已經死了。被李欣利用某種陷阱弄死了。民俗學中曾經提及所謂的養屍人，由於經常接觸屍體，利用屍體的陰氣。所以會變得人不人鬼不鬼。

四個女孩，三死存一。總覺得這便是李欣用來陷害養屍人的陰謀。在倖存者錢馨的敘述中，那個詭異的四川道教陣法，越聽越像是天書殘片和狗頭崖的天書巨石上的符號文字。真不知道她是如何利用這些符號，佈置殺局的。」

我很是佩服，「說起來，她還在養屍人滿是肉瘤的臉中，留了一封信給我們。這女人的口味，真是越來越重了！」

說著，在路燈下，我將沾滿血跡的信展開。秦思夢和猴子立刻將頭湊過來，一眨不眨的仔細讀。

「小古，你好。如果藏在這賤貨養屍人臉肌中的信被發現了，一定是小古你發現的，對不對。咱們倆都是聰明人，前因後果我就不多說了，相信你已經從我留下的蛛絲馬跡中找到了答案。我李欣為了活命，的確什麼都可以做。可，你和秦妹妹呢？

沒錯，別懷疑。你們倆也被詛咒了。我替你們算過時間。現在，應該是十四日的凌晨兩點吧？」

我和秦思夢下意識的掏出手機瞅了瞅。指針不偏不倚，正好路過了午夜兩點。這李欣，居然算得如此準！

低頭再看，信繼續寫道：

「不要驚訝我算得準確。這和背後那群混帳比起來，算不了什麼。別懷疑，你們只剩下四天可活了。準確的說，只剩下九十四個小時。四天後的凌晨十二點，就是小古你，以及秦妹妹斃命之刻。

想活命？就去找大豐神陵，想方設法進入陵墓。只有那裡，才有解開詛咒的辦法。

別以為我在撒謊。不信的話，我可以給你們個證據。郊遊時吃的烤肉，味道很特別吧？肉上的蘑菇末，很好吃吧？那可是足足有十一個傘柄的血頭菇呢。

對了，抽空低頭，在月下看看你們的，影子吧！」

信在這裡中斷了。我和秦思夢對視一眼，背後涼颼颼的，一股毛骨悚然的感覺從腳底爬上了後腦勺。

頭頂上的月一片猩紅，照耀得整個世界光怪陸離。我們倆同時吞了口唾液，一咬牙，緩緩的偏過頭，向背後被月光拖長的陰影，小心翼翼的望了過去……

只是那一眼，一股驚悚到極點的絕望感便填滿了全身，整個世界都在腦中崩塌了！

該死，我們果然全都被，詛咒了！

The End

夜不語作品 04

鬼骨拼圖 102：鬼墓屍花

國家圖書館出版品預行編目資料

鬼骨拼圖102：鬼墓屍花 ／ 夜不語 著.
一 初版. 一 臺北市：春天出版國際，2015. 09
面； 公分. 一（夜不語作品；04）
ISBN 978-986-5706-79-1（平裝）
857.7 104013726

ISBN 978-986-5706-79-1
Printed in Taiwan

作者 夜不語
封面繪圖 Kanariya
總編輯 莊宜勳
主編 鍾靈
美術設計 三石設計

出版者 春天出版國際文化有限公司
地址 台北市信義區信義路四段458號3樓
電話 02-7718-0898
傳真 02-7718-2388
E-mail story@bookspring.com.tw
網址 http://www.bookspring.com.tw
部落格 http://blog.pixnet.net/bookspring
郵政帳號 19705538
戶名 春天出版國際文化有限公司
法律顧問 蕭顯忠律師事務所
出版日期 二〇一五年九月初版
定價 170元

總經銷 楨德圖書事業有限公司
地址 新北市新店區寶興路45巷6弄6號5樓
電話 02-8919-3186
傳真 02-8914-5524